赵钧海·作品

隐现的疤痕

新疆美术摄影出版社

赵钧海 著

图书在版编目(CIP)数据

隐现的疤痕 / 赵钧海著. -- 乌鲁木齐 : 新疆美术
摄影出版社, 2012.9
（在新疆）
ISBN 978-7-5469-2921-7

Ⅰ.①隐… Ⅱ.①赵… Ⅲ.①散文集 – 中国 – 当代
Ⅳ.①I267

中国版本图书馆 CIP 数据核字(2012)第 220962 号

中国西北角丛书

书　　名	隐现的疤痕
著　　者	赵钧海
选题策划	于文胜
责任编辑	王　族
封面设计	党　红
制　　作	乌鲁木齐标杆集印务有限公司

出版发行　新疆美术摄影出版社
地　　址　乌鲁木齐市开发区科技园路 7 号
邮　　编　830011
印　　刷　北京华宇信诺印刷有限公司

开　　本　880 毫米×1230 毫米　1/32
印　　张　6.25
字　　数　130 千字
版　　次　2013 年 2 月第 1 版
印　　次　2013 年 2 月第 1 次印刷
书　　号　ISBN 978-7-5469-2921-7
定　　价　20.00 元

厚积厚发

董立勃

八十年代，文学很热。写东西的人，成群结队。新疆偏远，也一样有一批文学青年。那会儿，不管是谁，不管在什么地方，发了一首诗，发了一篇小说，或者随便一篇什么文章。他的名字，就会马上被大家知道。不少人，没有见过面，但因为看到过作品，就记住了名字。一串名字中，有一个名字叫赵钧海。他不在乌鲁木齐，他在克拉玛依，他写的小说，发在了《新疆文学》上，发在《中国西部文学》上，发在《边塞》上，发在《天山》上，连着发了好多篇，每一篇的名字，都富有意味。从语言到结构，都不是传统那种，充满了象征和隐喻。可故事，却没有远离脚下的土地，有点苍凉，有点粗犷。只要读过了，就不会忘记，就会去思索。那会儿，被大家看好的青年作者，我算一个，他也算一个。知道名字，但因为不在一个地方，来往甚少。也是一种缘份，很快，大学毕业分到了克拉玛依油城，和钧海一下子成了好朋友。他在矿史陈列馆工作，我在报社和宣传部工作，却会经常见面。克拉玛依一群年轻的文学追梦人，搞了一个文学社，把一段日子弄得有声有色。尽管只在油城呆了三年多，但却成了人生中一段难忘的经历。这个经历中，包括和钧海的文学交往。不知有多少次相聚对饮，围绕着当作家的理想，总是有说不完的话题。那会儿，都没有想到，到了九十年代，我们都一起离开了生死相约的文学，去做了别的事情。虽然都不再写了，但原因却是完全不一样的。我不写了，是因为写不好了，写不下去了。不得已改变了活法。钧海却不是这样，他不但有文学才能，还有领导素质，得到了组织重用，被安排去当一个重要的文化官位。钧海是个认真的人，是个听话的人，是个有责任感的人，不管干什么，都想干到最好。三心二意干什么都不行，要当个好官更是如此。钧海把笔放进了抽屉，合上了稿纸，全身心地投入到了为人民服务的事业中。 实际上，到了这个年份，不但是我们俩，还有好多一起出发的文学青年，面对许多条道路，有了不同的选择。不在一条道上走了，要想再遇到就有些难了。差不多有十年时间，不但是和钧海，许多因为文学结识的人，只是还记得名字，却基本不再来往了。

　　直到进入了新世纪，准确说，是2003年的春天，我在人民文学出版社发表出版了一部长篇小说，算是在兜了一个大圈子后，又回到了起点，重新开始写东西。当时，给我打电话的人不少，但老朋友中，打来电话，向我祝贺，并且非要和我见面的只有一个人。他就是赵钧海。在一个火锅店里，他和他的妻子还有我，坐到了一起。当我们四目相对时，我看到了，在他的眼睛里，闪动着一种熟悉的光亮。实际上，文学这个东西，真喜欢上了，就会变成一个魔，附到了你身上。有一阵子,你以为你摆脱了它,不再被它纠缠了,但说不准什么时候,它就会跑回来,控制住你的灵魂。就在这次见面后,没有过两年,钧海就换了工作,当了文联主席。文联主席是个官,可也不是官,在这个位置上,只是官,是干不好的。钧海到底是怎么想的,我不知道,我也没有问过他。但我看到了,从他当上文联主席后,一篇篇署名为赵钧海的散文,就开始出现在全国各地的文学刊物上,出现在全国年度的精选本上,出现在全国年度散文的排行榜上,出现在各种文学奖的获奖者名单上。几乎每一年都有一二本散文集出版。在新疆,有一批优秀的散文作家,有比他写得多的,也有比他写得名气大的。但在短短几年里,就一口气写这么多,并且篇篇都会引起不同程度的反响和关注,好象目前也只有他了。不了解赵钧海的人,看到他这个样子,可能会多少有点搞不明白,想不通怎么突然冒出来的他怎么这么厉害。不过,在我看来,他一下子能写这么多,并不会觉得奇怪,每个人一辈子能写多少东西,是命中注定的,钧海十几年没有写,不是没有东西写,是没有时间写,现在有了机会,那些多年积累的生活素材,那些一直不能忘记的事情,不用再压着了,藏着了,憋着了。想写的东西,像水一样全蓄到了水库里,现在提起了闸门,水就马上像大河一样奔涌了出来。同样,能写这么多,还能写这么好,对钧海来说,一样也不是意外。先天的文学才能,变成了身体和思想的一部分,又经过了早年的小说创作磨炼,打下的基本功,扎实又深厚。更重要的是这些年工作生活的经历,让他对事物的观察分析,比一般人要更准确和深刻。于是不管是走进久远的回忆,还是面对时代的潮起潮落,他都会有独到的视角和感受。钧海的散文写作明显不同于他人,他不会像写小说一样去虚构一个完整的故事，但却很容易在他的散文中，找到情节和细节以及人物描写的小说元素。我以为尝试着用小说技法去写散文，是赵钧海散文能够获得成功的重要原因。比如说这本集子中的《萌动：遮蔽又妙曼的青春》《隐现的疤痕》《走路：嫣红的帽子》《消失的游戏》等，都是通过事件场景，还有人物的行为和对话，完成情绪的感染和思想的传达。当许多写作者，还试图在散文中抒发激情并论理说道时，钧海已经彻底走出了散文创作的老路俗套。一种具有创新意义的叙述方式，给钧海的散文写作开拓了极为广阔的题材领域，他高大的身躯似乎总是比别人看得更远，看到的更多。厚道善良的品格，让他面对世界世物时，总是能心生爱意和情意。和他同去一个地方采风考察，我经常是找不到一点感觉，怎么也写不出一个字，他却能挥笔记下千言万语。能把别人不曾察觉到的细微处，用浓墨强调出来，使其中的美妙得到透彻的表现。让我不能不对他打心里佩服。

新疆不少散文作者，往往是把目光聚焦某一个地方，某一群人，往深里写或往细里写。但很少有人能像钧海这样横看大千世界东西南北，纵观历史未来上下左右，没有一种题材可能难得住他。并且总是能把一篇散文写得既有广度又有深度，还有韵味。一个写作者，要和别人写得不一样，要能不断地写下去，没有相当丰富的资源是不可能的。看了钧海已经出版的好几本书，发现钧海是不会在这方面发愁的。也就是说，已经像大河奔涌一样，写了许多好散文的钧海，对他来说目前所做的，只是刚刚开始。等待着他的将是一个更大的收获。到底有多大，我们不知道，可能连钧海自己也不知道。当然用不着知道，当时间把钧海的一篇篇散文作品，一部部散文集，不断地奉送给这个世界，钧海散文存在的价值也就得到了体现和证明。不过，作为当年一块儿写小说的文友，我一直有一种期待，那就是希望钧海有小说新作问世。而且我相信只要他去写，写出的小说也一定会带给我们意外的惊喜。

2012 年 9 月 30 日

目录

001　董立勃　厚积厚发

001　消失的游戏

014　萌动:遮蔽又妙曼的青春

030　隐现的疤痕

051　凄婉中,一抹玫红

060　走路:嫣红的帽子

069　潜藏在收存的旧书中

079　在偏处一隅揣摩他们

109　蛰伏在旧片上的父亲

123　唐朝渠:随风远逝的拓印

138　古尔图,那个熄灭的驿站

151　活着的灵魂

1831·阿尔巴特街　158

那些怀旧老歌　163

冬宫　168

彼得大帝的手　175

涅瓦河上的张望　180

在散文广场游历　赵钧海　185

消失的游戏

打尜尜

宝宽有一个漂亮而耐玩的尜尜。那是他哥继宽做的。继宽不仅做尜尜手艺精良,而且打尜尜也最牛气。继宽就成了娃娃头。我一直仰视继宽,暗想,再过两年,我也要成为他那样的娃娃头。继宽虽然只大我四岁,但沉稳,老练,智勇双全,什么都懂,什么都会。这帮孩子若有磕磕绊绊,继宽一句话,矛盾就消解了,握手言和。继宽的地位是自然形成的,他从未说过他要当娃娃头。我们就跟他学打尜尜。

放寒假是打尜尜的最佳时节。那种两头尖中间粗的玩具,有一种神奇的力量,它将我们一帮孩子自然而然地聚集在一块。大人们说,那是一种古老的玩具,明朝大耳朵皇帝朱元璋就玩得出神入化,如鱼得水。我不知道朱元璋是谁,但我喜欢打尜尜。我爱和宝宽一起打尜尜。宝宽的尜尜,两头光滑中间浑圆,润泽,沉实,木质坚硬,手感适度。击打它的尖,它就会利落地弹跳,翻滚,迅捷,脆响,一切都在预料和冥想之中,仿佛知晓你的用意,朝着目标跳跃、飞旋,默契而洒脱,掌控就在你的举手投足之间。我们都把宝宽的尜尜叫"尜尜王"。继宽虽然很牛气,但他并不总和我们小虾小蟹们厮混在一起,他挺忙,只要参加,他就准赢,就会座桩到最后,如若没有他,我们就像一群没头的苍蝇,嗡嗡嘤嘤呜叫着,乱糟糟如一团麻。我渴望继宽出现,又怕继宽出现。没有继宽,我与宝宽会争得你死我活,又常常两败俱伤。从太阳灰蒙蒙地隐现,一直玩到太阳又灰蒙蒙地西斜。冬天的太阳小而且冰冷模糊,完全没有夏天的温暖与光热。一帮小男孩们就看我和宝宽对决,脸都冻得红扑扑的,但摘下棉帽子,头顶就冒着一团白白的雾气。我们玩着,往往被大人们喊叫名字才恋恋不舍地回返,而且常常被叫好几遍,也不回应,就像没有听见一样。谁都知道,那是装的。一不留神,就有母亲提着木棍找来了,老远嘴里就骂着脏话,于是就见那家的孩子飞快地逃跑,若是顽皮的,还做着鬼脸。我们怅然若失地看,沮丧地收拾朵朵。我一直梦想有一个与宝宽一样精美的朵朵。

继宽不在的时候,我和宝宽的对决就有了博弈的味道。我们用木板在地上划一个圆圈,圆圈就是大本营。圆圈里,甲方用木板侧面对准朵朵一头敲击,待朵朵弹跳起来,就乘势用木板狠狠击打朵朵身体,将朵朵打到很远很远的地方,乙方就跑步去找朵朵,找到后乙方就将朵朵投向圆圈,如若投进圈内就算乙方赢,如若投不进圆圈,甲方就在朵朵的新落点上,再敲击朵朵的尖,使其弹跳起来,击打到更远更高的远方——远方大约是芦苇荡、红柳丛或者凹地。乙方于是就更难准确地将朵朵投回圆圈了。乙方肯定输了。输了是要被惩罚的。那叫"吼嗦",就是手拿朵朵从落点一直张嘴喊着跑回圆圈,不能停顿,若途中停顿或中断喊声,就要加倍惩罚。那"吼嗦"其实是一种很有趣味的艺术,它是一种连续不绝的高声呐喊,是失败后的无奈,也是对下一次战斗的激励。"吼嗦"让失败者不会沉沦,既蓄积力量,又伺机反扑。"吼嗦"又让所有人知道,那就是一种游戏。我清晰铭记着宝宽"吼嗦"时的顽皮样子。他一边跑，一边张嘴干号，"啊啊哇哇"，声音尖利，还摇头晃脑。那真是一种幸福的呐喊。

重复玩着古老又耐人寻味的游戏。我们脏乎乎的小手，在沙土地上摩挲着。我们流着鼻涕，用木板敲打那个两头尖尖的玩具，看着枀枀在天空中腾跃飞翔，也有了一种快乐翱翔的感觉。渐渐地，那枀枀就有了灵性，进入了一种境界。它变得活泛起来，如鲜活的兔子，蹦跳着，翻、转、腾、挪，任你击打和摆布，而当它飞跃在空中时，又宛若快乐的小鸟，啸叫着，放浪着，伸展了双翼，飞向目标。

我和宝宽总是打个平手。他赢五次，我吼嗦五次；我赢五次，他反过来吼嗦五次。我们谁也征服不了谁。我分析了个中原因，我觉得，结点就是宝宽的枀枀好。我决心依照他枀枀的样子，用榆树模仿着做一个一样的枀枀，雄心勃勃。有一天，我就拿出斧子、菜刀和电工刀开始削砍了，我选择了最好的榆树枝，耐心细致地雕琢，如雕刻一件精美艺术品。削好后，我还找来砂纸打磨枀枀的表面。不慎，电工刀还削破了我的手指，鲜血流到了枀枀上，也顾不得疼痛。夜晚，停电以后，我就用煤油灯照明。在一束微弱的烛光下，枀枀像一个精灵，光鲜着，艳美着，让我兴奋不已。

后来，我就带着大弟、小弟和耀来在一块平坦开阔地上悄悄练习了——用着我精心制作的新枀枀。我有一种前所未有的亢奋。那枀枀珠圆玉润，气韵高妙。那是我心血凝结的枀枀。练习中，我的枀枀又被我不断修整，打磨，直至变得激滟诱人。

后来，我就正式启用了我的枀枀。我与宝宽对打。我想，我必须赢宝宽，我要打掉他的傲慢和锐气。我深谙打赢宝宽的意义。只要打赢宝宽，就意味着除了继宽，我就是老大，我就最牛气。

悄悄练习，使我的打尜尜与尜尜之间有了一种天人合一的境界。我不断重复着那些机械的击打，挑、敲、拍、运、抽以及探看，瞄准，目测，平移。那尜尜在我的意念掌控下，在我的手臂翻转下，在木板的正反两面的不断抚弄下，奇迹般乖巧又游刃有余。于是，尜尜就变得亲昵、奔逸、玄妙起来，像是理解了我的思维、战术、企望，灵动而活泛，有了一种无形的通达、疏朗和默契。它变成了精灵，从容，傲岸，响箭一般。它弹跳着，飞奔着，峭拔着，怡然自得又迅雷不及掩耳。它成了我的灵魂，带着我的气度和风骨，飞翔，弹跳。它是蓊蓊郁郁的绿，是酣畅奔逸的水，是硬朗威严的剑，是浩气鼓荡的鹰。总之，那尜尜成了我不可分割的一部分。我们亲密无间。我们出神入化。我们海阔天空。我们的能量无与伦比。

此后我与宝宽的竞赛，就变得妙不可言了。我的尜尜宛如燕、宛如鹰。跳、跳、跳，飞、飞、飞。优雅，敏捷，迅猛，高远。我超越了宝宽。我变得屡战屡胜，屡胜屡战。宝宽低垂着脑袋纳闷了很久。一天，宝宽终于提出一个棘手问题——与我哥继宽对决。宝宽傲慢地说。宝宽盛气凌人的气势，就像失败了"吼嗪"一样，让我轻蔑又忐忑。我知道，宝宽是宝宽，继宽是继宽——只要听到继宽两个字，我就像泄了气的皮球，浑身没有了力气，感到一股冷风刺骨而来，穿透了我的肌体，即刻一身冷汗。我嗫嚅着嘴唇，舌头有些不听使唤。我还是勉强答应了宝宽。

高大威猛的继宽终于出现了。继宽是偶像。继宽拿起了我的尜尜，端详了一会儿，又抛起来颠了颠，才说：还不错，就用它吧。继宽看了我一眼。继宽看我时，我发现眼神与过去不同了，有一种从前没有过的光斑。当然继宽也就那么一瞥。不过那么一瞥，也让我知道了我的籴籴被继宽认可了。但我却开始发抖,我忽然觉得浑身不自在,有些失控地抖动。我后悔了。我从未想过要与继宽大哥比拼。他高大,从容,雄峻,干练。他样样是我的楷模与偶像。我曾偷偷模仿过他——那技巧,那腾挪,那击打,那挥臂。

那一天,天空飘着濛濛的雾气,氤氲,湿润,有一股春天即将来临的气息。干枯的树枝如银白的树柱,绒绒的,棉絮一般。我们欣赏着,快乐无比,一些顽皮的孩子,就用身体撞击树干,霜粒就纷纷落下,如下雪一般。

那一天,大地的积雪也开始悄悄消融,不再是白茫茫一片,某些凸起处袒露着深褐色的冻土,那冻土依然坚硬着。我们一群孩子就聚集在了一片开阔地上。

那一天,继宽显得勇武,倜傥,非凡。我显得渺小、瘦弱、卑琐。我浑身燥热起来,木板变得沉重而僵硬,不听使唤。我站在圆圈里一动不动,变成了木头人。

宝宽在旁边吼叫起来。宝宽的吼叫是一种蔑视,一种报复。宝宽的轻蔑有他的道理。宝宽曾经与我旗鼓相当,后来却被我屡屡击败。只得拿出他哥这个杀手锏来痛击我,辱羞我。他于是就趾高气扬起来。宝宽吼叫的声音明显带有污蔑性质——虽然他是我最好的玩伴。但多次受挫使他内心沮丧,今天他暴露出了他的"狰狞面目"。

继宽只说了一句话。继宽说:别紧张,眼睛盯着籴籴,不要看击板。

也许被宝宽激怒了,也许被继宽感动了。我从僵硬中复苏,回过神来。我挥起了手臂,但我的手臂依然麻木和僵硬,木板也沉甸甸的,籴籴也没有了先前的灵巧与活泛。

左手捏杂杂，右手拿木板。我咽了口吐沫，镇定一下情绪。但我依然慌乱。我不知道我为什么压不住自己的慌乱。我开始频频斜睨继宽。眼神里发出了向继宽求饶的信号。

继宽说，看杂杂，盯住前方的目标。

哦，前方。前方才是我要征服的地方——但，我还是把眼光盯在了继宽身上。他那么英武，那么牛气，我永远是他的小卒。我没法与他较量。我颤抖着。

后来，我就胡乱地击打了杂杂，我的木板与杂杂发出了宏大的撞击声。那声响发出的一瞬，我闭上了眼睛。我不知道我为什么闭上了眼睛。

我犯了滔天大过。

我僵硬的手臂，与沉甸甸的木板，以及闭眼，形成了一股合力———股邪力，地狱之力——它击打着杂杂飞向了人群，飞向了那群观战的孩子……

结果惨不忍睹——那杂杂飞着，不偏不倚斜扎在宝宽的眼角上。

宝宽尖叫一声，就捂住了双眼，须臾间，鲜血顺着指缝流了下来。

我呆了，身体僵硬了，耳朵一阵嗡嗡鸣叫。

继宽迅速跑过去，观察了伤口，然后掏出手绢让宝宽按住伤口，就背起宝宽向团部卫生队疾驰而去。

我呆立着，木讷着——我的杂杂为什么会打在宝宽的眼睛上呢？我战栗不安，不敢再想了，我哭泣起来。

大弟、小弟也跟着我大哭起来。

宝宽的眼睛最终保住了。万幸，那杂杂尖只伤到眼睛的外沿，落在了眉骨上，虽然流了不少血，但并没有扎伤眼睛——那大约也是头戴的羊皮帽子起到了保护作用。皮帽子厚实，保暖，正巧卡在眼睛上方。

从此，我们这帮孩子再也没有玩过打尜尜游戏。

尜尜和木板都被母亲烧火了。母亲说，你险些打瞎宝宽的眼睛，打瞎了可怎么办？母亲托人从高泉镇买来一箱鸡蛋，给宝宽家送去，还不住地道歉。母亲搂着我，力气出奇的大。母亲生平第一次用手拍打了我的脑袋。母亲拍打我脑袋的举止，让我终生不忘。

不久，宝宽一家就举家东迁了。他父亲转业回了河南老家。宝宽向我告别时，我注意到他眼睛上的疤痕，有小口径步枪子弹那么长，粉红又灰黑。疤痕边上有一排整齐的蜈蚣脚样的小东西。

打尜尜游戏消失了。我们或许就是华夏大地上最后一支玩这种游戏的队伍。在没有"大鸣、大放、大字报"的"文革"军营里，我们享受着妙不可言的古老游戏带来的愉悦，咀嚼着成长的快乐和艰涩。

赢烟盒

它泛着淡雅的奶黄色光泽，明晃晃的，有两只蝴蝶在轻盈飞舞，清逸，高雅。它是烟盒叠成的"三角"。我把它甩在水泥地面上，它就平展展地匍匐着，有一角微微上翘。它是一个"彩蝶"烟盒折叠出的"三角"，是我众多"烟盒三角"中的一员。那时，"彩蝶"香烟是高档烟，烟盒设计精美，制印考究，有一股儒雅气度。我的"彩蝶三角"曾为我立过数次战功，曾打翻过"恒大"、"飞马"、"工农兵香烟"、"红灯"、"秦岭"、"富强"、"伞塔"等许多烟盒三角，它们都举着双手被我俘获了。我喜欢我的"彩蝶三角"。

远光气咻咻的样子，吸溜了一下鼻涕，然后就颐指气使地拿出了"中华三角"。这是远光的杀手锏。远光轻易不会拿出他的大"中华"烟盒。他的大"中华"鲜红光滑，富丽堂皇，气度非凡，有一种华贵之气。远光不急眼是不会拿出的。远光再也不能忍受我的"彩蝶三角"横冲直撞了。

　　于是，水泥地面上就开始了一场"彩蝶"与"中华"的对决。"彩蝶"微微上翘的一角，一直让我担心。我企图把它拿起来，轻轻折一下，再重新甩出。远光忽然号叫道，不行！不能动！远光号叫着又吸溜了一下鼻涕。远光真急了。游戏规则是允许重新拾掇一下自己"三角"的，只要对方还没有出手。我说：怎么不行？远光说：就是不行，以后都不行，甩出啥样算啥样！远光急了，看我有漏洞，远光就霸道地改规则。我只好说：行，以后谁都不许甩第二次！我想，我毕竟已经赢了他的"海河"与"金沙江"烟盒。我要表现出我的大度。我不再与远光计较。

　　远光家与我家是邻居。远光家有四个男孩，我家有三个男孩。远光大我一岁，远光大弟小我一岁，远光大弟又大我大弟一岁。于是，我们两家就会有一些关于少年男子汉与男子汉之间的磕磕绊绊。远光家孩子调皮捣蛋远近闻名，尤其是他大弟远辉，总是偷偷摸摸拿我家柴堆上的劈柴。那劈柴是我母亲带着我和大弟到沙窝子里砍伐的，那是些枯死的红柳根和梭梭柴。它们是烧火的好材料。一次，远辉偷摸的行为被我大弟发现，大弟毫不示弱地吼叫，揭露远辉的卑劣行径。远辉却死皮赖脸不承认，还动手推倒我大弟。两人于是厮打起来。可我大弟居然没有打过他。我大弟哭着向我告状。我于是像大人一样来处理，我直接从他家的柴堆上拿回了被远辉偷窃的劈柴。

远辉不敢与我对打。远辉就跑回家找远光。远光贪玩,远光那时正在别处吸溜着鼻涕赢烟盒呢! 于是不了了之。

远光终于甩出了他的大"中华"三角。那大"中华"鲜红华贵,熠亮无比,尤其那金碧辉煌的天安门、玉雕般的华表,巍峨,神圣,高大,有一种庄严和锐不可当。

"彩蝶"与"中华"就杀上了疆场。

远光使出牛劲,狠狠从我"彩蝶"三角上翘的一角抽了下去,"中华"的头撞击了"彩蝶"一下,但"彩蝶"顶住了进攻。我于是拿起"彩蝶"找准"中华"的弱角,也狠狠地抽了下去,那"中华"竟也纹丝未动,顶住了我的进攻。但由于我用力过猛,"彩蝶"落地后就冲下了水泥台阶,被一个石子垫了起来,一角高高翘立着。远光兴奋地说:不能动,不能动!远光边跑边喊,手拿"中华"围着"彩蝶"转了一圈,还趴下观察了一会儿,然后起身,歪着脖子甩出了"中华"。那"中华"带着一股斜风,向"彩蝶"刮了过去。"彩蝶"终于抵挡不住,打了一个旋,就翻了身——只要一翻,那"彩蝶"就成远光的了。远光如饥似渴地抓住了"彩蝶"。

看着远光拿走了我的心爱之物, 心中一阵沮丧。我于是就拿出"大前门"想赢回"彩蝶"。我用"大前门"与"中华"对决,但只一个回合,"大前门"就又变成了远光的囊中之物。

数日内, 我沉浸在悲愤与悔过之中。我思衬着我该如何夺回我的"彩蝶"三角烟盒。

开始重新收集新烟盒。我们围着军营营区溜达,如一群拾破烂的孩子。我的底线是不翻垃圾堆。俱乐部,新兵连,修械所,澡堂,通信连,马厩,草料场,打靶场,坑道。军营总是洁净的。战士们每天都会把营区打扫得干干净净。那是一支为人民服务的军队,也是一支战无不胜的军队。他们的传统就是干净整洁。我了解军营的一草一木,一砖一瓦。我更熟知起床号,休息号,吃饭号,紧急集合号,熄灯号。由于我们(我、大弟、宝宽、雀来)常常在营区溜达,母亲找不到我们,就用高亢的喊声寻找。那喊声从家属院一直传到营区,传到我们溜达的猪圈、马厩以及打靶场。因离得太远,就不回应,其实,我们还没有玩尽兴。那时,我们这帮孩子的母亲们,个个都是喊孩子的高手,虽然南腔北调,但声音高亢而嘹亮。她们并不在乎是不是骚扰了军队的训练,也不怕干部战士们笑话。时间长了,那些南腔北调的喊声,就变成了一种程序。只要女人们一喊孩子,我们就能分辨出是谁的母亲,战士们也就知道该吃饭了。训练于是就结束了。那时,有一批北京新兵,我们常常混迹在他们中间,听他们讲柔软的北京话,讲北京故事,他们侃侃而谈的样子,至今令我记忆犹新。我们背后叫他们"新兵娃",但内心很仰慕他们。在那个缺乏娱乐的戈壁军营里,他们带给了我们新奇与幻想。他们的腔调是美妙的音乐。

我在营区捡到了许多新烟盒。

"牡丹"、"战斗"、"群英"、"黄金叶"……我还清楚地记得,"迎春"烟盒背面是"要斗私批修";"先锋"烟盒背面是"毛主席语录:力求节省,用较少的钱办较多的事"。我把它们抚平,擦干净,然后一张一张地夹在厚厚的《毛泽东选集》当中。那时我还有一本旧版的《辞源》,也夹了许多花花绿绿的烟盒。我把它们夹上几天后,又一张一张的取出,从中挑出合适的叠成烟盒三角。于是,我的烟盒三角队伍又庞大和威武雄壮起来。虽然它们还没有战斗经验,但温馨而温暖。它们被我握在手中时,就有了一种握住希望与胜利的喜悦。它们是我的声誉，我的智慧，我的象征，它们将为我而鞠躬尽瘁。

为了战胜远光，夺回"彩蝶"，我冥想出一种烟盒新叠法——将烟盒叠成"双屁股"。过去叠烟盒是从正面（我们认为的正面）制造厂家落款上折叠，这样，叠成的三角正面好看，背面就多是烟盒底面部分。我摸索出的新叠法，是先从正中开始折叠，但不是折出，而是将底面折凹进去，形成一个双底边，于是，惊奇出现了，底边成了两个，若烟盒两面图案大体相仿，那这个"三角"就变成了正反两面大体相同的图案，即使被对手打翻过去，也基本与正面一样。这个发现让我兴奋了好久。当我拿出我的"双屁股三角"与远光对决时，远光也被迷惑了。看似如同打翻身了的三角，怎么又翻了回来呢？远光有些晕。我说，你看花眼了。于是就再接着打。我用我的"双屁股牡丹"，赢过远光好几个"大前门"和"黄金叶"烟盒。当然，我也不光傻乎乎总用一个"双屁股"三角，我会用一个正常的"单屁股牡丹"与"双屁股牡丹"来回换着出手，有意让远光难以分辨。

后来我就想到了我的"彩蝶"。

我说，远光，把"彩蝶"拿出来吧，我要赢回来。远光说，那是我的，我赢过来就是我的。远光吸溜了一下鼻涕，远光的鼻涕永远就在鼻孔与嘴唇之间，但总也掉不下去。远光拿出了他的"中华"三角说：赢走了"中华"再拿"彩蝶"。远光说话时口气霸道。我很不舒服，但我没有计较。

于是，我就用一单一双两个"牡丹"与远光的"中华"较量了。我雄心勃勃，我对我的"双屁股牡丹"沾沾自喜。

远光慎重起来，表情严肃而狐疑，那鼻涕也停留下来，不再走动。远光说，我们到水泥台上去。

我说，去就去。

于是又回到了水泥平台上。

远光的"中华"依旧光滑，清亮，厚重，一甩出去就带有一股劲风，红彤彤的让人生畏。我硬着头皮抛出了我的"双屁股牡丹"——它是希冀，也是秘密武器。

几个回合下来，"双屁股牡丹"与"中华"不分胜负。但几个回合的甩、抛、搧、磨，让那"双屁股"的折印有些分离，裂开一道小小的缝隙。我有点心虚，怕露出破绽，正打算设法收回"双屁股牡丹"，换一个正常"牡丹"，可就在准备更换的一瞬，出了事。

远光的"中华"光滑，实沉，由于锐利，它的一角就从我的"双屁股牡丹"的缝隙中间插了进去，并且将"双屁股牡丹"顶了一个底朝天。于是，谁都看清楚了，"牡丹"图案虽然没有大变化，但"中华"图案却是真真切切地翻了身。

远光眼疾手快，高声说，不能动！不能动！远光迅速爬到地面上歪着脑袋看两个插在一起的三角，远光看清楚了"双屁股牡丹"的机关。远光明白了。远光明白后就气咻咻地转过脸看我。远光什么话也不说。远光什么话也不说的样子完全像个大人，很瘆人。远光用手轻轻将"双屁股牡丹"的折叠处掰开，破绽就暴露无遗了。我的马脚昭示于光天化日之下。

远光反复看着那个"双屁股牡丹"，露出了狞笑。那狞笑只有电影上才能看到。

远光狞笑着将我的"双屁股牡丹"塞进自己的衣兜，走了，头也没回。

我没有追赶远光。看着远光瘦骨嶙峋的背影，我知道，他再也不会和我玩了。

我不心疼我的"双屁股牡丹"。我心疼我的"彩蝶"。

四十多年后,远光来我居住的城市找我,远光依然瘦骨嶙峋的,个头却明显矮了一截,比我想象中还要龌龊猥琐一些。我挺失望。不过远光的酒量很大,仍然保持着当年的豪气与倔犟。

我说,还记得当年被你赢走的"彩蝶"烟盒吗?远光咬定说,那"彩蝶"烟盒本来就是我的。我觉得索然无味了。曾经那样一个纠结搏击的繁缛过程,远光却忘记了。还有谁记得起"赢烟盒"那其乐无穷的游戏呢?

我怅然若失了很久。

萌动:遮蔽又妙曼的青春

一把伞

我们回家。我们背上书包从学校土坯房的门洞里伸出脑袋,看看灰蒙蒙的天空,天空有一些鱼鳞状的云块。我们就去过磅房搭车了。三男一女。十二三岁。春天的气息伴随着院墙外脏冰的融化,柔情似水起来。一个冬天泼洒堆积的洗漱污冰缓缓变软了,泛着熠熠的亮光,水慢慢蒸发着,小溪一样流溢洇开直至干涸。小鸟开始叽叽喳喳鸣叫,阔叶波斯杨和戈壁红柳的枝杈也变得柔嫩了,某些细尖处还顶出了新绿。那段时间学校正在轰轰烈烈搞"一打三反"运动(打击现行反革命破坏活动,反贪污盗窃,反投机倒把,反铺张浪费),教室里弥漫着浓烈的火药气味。批判的矛头统一指向一个叫建民的高个男生。女生罐罐也宣读着她呛鼻的批判稿。那个男生与她同桌。

谁也不知道多年后社会又转而流行一首《同桌的你》的歌曲,委婉,缠绵,让同桌少男少女眉来眼去又想入非非。那时我们只用阶级斗争的眼光来洞察一切。建民擦玻璃窗时,口吐唾沫擦了一行乱画的文字。那举动被人看到。文字写的是"毛主席的革命路线胜利万岁!"。那大约是某个学生随意写在玻璃窗上的笔迹。那时我是晚来的新生,被突如其来的斗争烽烟弄得不知所措。我静静观察着,发现所有发言同学的批判稿词语都尖刻而生动。我也惊讶罐罐，她跟形势很快，且有着深刻的分析能力和政策水准。

四十年后，同学聚会上见到建民，他依然五大三粗的样子，体重一百一十五公斤，开一辆十六轮斯柯达大货车。一见面，我脑海即刻回闪出他当年垂头丧气挨批的样子。可以想象，他当年口吐唾沫擦窗户上笔迹时，肯定只想把玻璃擦得几净明亮。

罐罐皮肤白皙，说话柔声细气，但语速较快。罐罐是那种让男孩子心旌摇曳的女孩。那时虽然大批判烽烟四起，但并不影响小男生偷睨女生。罐罐身边时常有小男生蹀步过来又蹀步过去，似乎想为她做点什么。因为男女生不说话，异性就更加神秘与妙曼。

我偶尔也看罐罐，看她的后脑勺和鬓发。我坐在她背后。我看她时，她偶尔回头看我一眼，像是发现了什么。我的血液顿时发热，眼神就躲闪过去。我想，我的肮脏的心思可能被她发现了，觉得很丢人。

我们回家。但没有班车。我们去过磅房搭老嘎斯、老太脱拉和老解放车。那时我们求学的矿区总有一些冒着黑烟，不盖引擎盖的老式油罐车在石子路面上撒野，匪气地狂奔，弄得尘土漫卷且大地一阵阵颤抖。

我们家都在远离矿区的荒野小镇上，那小镇叫古尔图。

我们——我，罐罐，大熊，韩毛。那时我是一个沉默寡言的孩子。因为年龄小，进校晚。大家其实都各有各的心思。那时，我觉得自己思想有时高尚有时肮脏。我把自己偷看罐罐的行为定格在思想龌龊的范畴之内，也厌恶其他男生用不洁的眼神偷窥罐罐，我觉得偷窥者低级下流。我也会自觉地用革命理论清理自己的灵魂。我希望我的灵魂纯净而高尚。

大熊、韩毛是我玩得最好的男同学。我们在古尔图一同下臭水坑游泳，旁边就有几头脏猪在拱泥洗澡。我们把狗刨叫游泳。我们用自制的泥丸弹弓打野鸽子和麻雀，偶尔也会打别人家的公鸡。那公鸡总是耀武扬威地追逐母鸡，有时也追逐公鸡。我们的弹弓让泥丸追得那花公鸡夹着尾巴快速逃遁。我们还会在清澈的水沟里捞小鱼。把上游的水搅浑后，用木棍在草丛里乱捣乱捅，把鱼一直往下游赶，我们想象鱼群像羊群一样，顺着木棍赶出的线路，一路游到下游我们指定地点——筛子里，不过，每次收筛子时都会有一些小金片和小泥鳅。那小金片是后来我在动物专业书籍中见到的"新疆裸鲤"。新疆裸鲤现在几近绝迹。

　　大熊说，罐罐眼睛太大，眸子没有神。但我发现，大熊在罐罐面前总是直勾勾地盯罐罐的眼睛。大熊原本男子气很重，可一撞见罐罐的眼睛，似乎就消解了。大熊于是就看天空，天空有一群飞翔的鸽子，鸽群里有两只翻跟头的"翻翻"，那"翻翻"跳出鸽群翻着优雅的跟头，让我很是蹊跷。我知道，大熊其实比较喜欢罐罐的眼睛。

　　韩毛是一个头发自来蜷曲的男孩，头发略呈浅棕色，纯天然的。那时没有人喜爱染发焗油之类资产阶级的东西。韩毛也会乜斜着眼睛看女孩。罐罐被韩毛乜斜得很紧。我想，韩毛的荷尔蒙比我和大熊都发达，不然罐罐不会总与他粘在一块。

　　我们潦倒地走着。我们还要徒步走三十多公里。我和大熊在前，罐罐和韩毛在后。

　　韩毛帮罐罐拿东西的样子像个小爬虫。罐罐因天气渐渐转暖冬装用不上了就拿回家去，韩毛殷勤地帮她抱着。天山北坡初春的太阳忽然变得毒热起来，晒得人直想脱下绒衣毛裤，可夜晚又冷飕飕寒气逼人。

那天，我们从一辆老式太脱拉油罐车的司机楼下来后，就再也搭不上车了。我们心情沮丧地开始走路。那时，乌伊公路似一条窄窄的曲线，在起伏而倾斜的大地上延展着，白亮白亮地反着光。许久，才有一辆踽踽独行的汽车，蜗牛一样蠕动着。荒野空寂，天边有白絮状的云朵游移，似迁徙的羊群，缓缓的，看不到终点。地平线邈远模糊，空阔中隐含着苍灰的阒静。只有我们四只小蚂蚁在旷野上蠕动。那时，我们身上最贵重的物品就是行军水壶。那是救命的水壶。

正午的烈日毒辣起来，强光从头顶直射而下，使我们的阴影渺小而黑灰——高反差的调子。人影在沥青路面上移动，如晃动的古怪动物躯体。一股股热浪反射到脸上，燥热即刻浸入骨髓。

我们再也没有兴致说话了。我们只能听见自己鞋底与沥青路面黏合发出的吧嗒吧嗒声。干渴，困倦，乏力，疲惫不堪。我和大熊在前，罐罐、韩毛在后。虽然疲惫，但我觉得自己的样子挺男子气。

渐渐的，罐罐和韩毛就与我们拉开了距离。

终于忍不住我回头看他们。我想，我只是回头看一眼。

韩毛正巧从书包里取出一件黑乎乎的东西递给罐罐。我心里倏地滑过一丝妒意，就转脸去看天山，我看见天山呈现出墨蓝墨蓝的色彩，犹如凝重的巨鱼牙齿，刺向天空，那牙齿还喷吐着一团团灰棕色的烟霭，有吞噬天空的欲望。我只是回头看了他们。我看清楚了。韩毛递过去的是一把伞。罐罐接伞时，目光直视韩毛，体态似有万般的柔情。那画面让我恶心。

我转过脸。在我转脸时，发现大熊也正在转过身子看他们。大熊的表情很愤然，有点像斗败的小公鸡。

罐罐居然在没有雨的天空下打起了伞。

那是一把很新潮的折叠伞。后来韩毛说是他父亲从北京王府井大楼买回来的。我们从未见过那种式样的折叠伞，也没法想象王府井百货大楼的气派样子。那时我们是荒野戈壁的土老鼠，我们的视野很窄，我们只见过油布雨伞，而且不能折叠。罐罐打伞的样子有点妖媚。我想，她的小资产阶级思想太浓烈了。暴晒的阳光可以让皮肤变得黑里透红，健康而强壮。邢燕子、龙梅、玉荣就是那种黝黑黝黑的肤色，她们是大风大浪里成长起来的女英雄。我顶礼膜拜她们。我觉得晴空万里打伞很多余。韩毛好像与罐罐说着什么话。那时男女同学是不说话的。韩毛居然乘我和大熊埋头走路时既送折叠伞又说话。我想，韩毛是个小人，很不地道。

刺目的阳光挑弄得脸上火辣辣的，我用手遮挡了一下太阳。顿时，火辣辣的感觉就消失了。我自语着，戈壁滩上的太阳就是狠毒。罐罐也许应该有个东西遮挡一下，不然白皙的皮肤会被晒爆的，我又想。

我和大熊不谋而合地加快了步伐。我们隐隐约约看见了古尔图那片深灰深灰的绿荫。

待我再回头看他们时，他们俩已经变成了两个小黑点。

这时就下起了雨。刚才还晴空万里，怎么就忽然聚集了一块硕大的乌云。隆隆地滚雷炸响之后，就哗哗地下起了滂沱大雨。密集的雨点砸在沥青路面和荒野沙土上，溅起一片片灰白水汽，发出噼噼啪啪的鸣叫。

我和大熊停住脚步同时回头看罐罐和韩毛。我们发现，罐罐正用手拽韩毛的衣袖，意思让韩毛躲进雨伞，韩毛推让着拉扯了一阵，还用眼睛看了看远处的我和大熊。

韩毛走进了雨伞。

雨哗哗下着,荒野的土腥气味浓烈起来,那是沙土、苦艾、梭梭、柽柳和骆驼刺组合出的混合气味,有返璞归真和清逸甘甜的味道。多年后,我依然能回忆起那味道的甜逸和拙朴。

须臾间,我和大熊就变成了落汤鸡。我们浑身哆哆嗦嗦不住地颤抖。凝望着罐罐和韩毛,我们流露出羡慕与嫉妒的神情。我的身心透凉无比。

韩毛在四十五岁那年突然去世了,消失得无影无踪,让我感到了生命的渺小与脆弱。我黯然怅惋了很久。据说韩毛得了一种没法治愈的怪病。更早的时候,我们在民乐园的一次聚会上见过面,韩毛脸上褶纹浓密,皮肤粗糙黝黑,曾经浓密的浅棕色头发不见了,取而代之的是稀疏的白发,只有鬓角还残留着当年蜷曲的感觉。接触一阵后,我又觉得韩毛没有什么本质变化,尤其说话的表情,就跟小时一模一样。还有韩毛看我和大熊的眼神,几米开外,我依然能看透他复杂又多愁善感的内心。人生难测,每个人的未来总在虚幻缥缈中漂泊着,没法自己拿捏。邂逅,漫漶,氤氲,羸弱。我们企盼生活重复,我们又害怕重复。我们再也无法回到纯真又复杂的从前。

有一次,大熊酒后对我说:上中学时,我给罐罐递过一张纸条。

我没有惊讶,它印证了我当年对大熊的判断。

被一个叫马岩的女生击垮

那时我们是一帮住校的中学生。

宿舍是土坯垒砌的平房。大门进去有两间宿舍。每个宿舍住八个学生，上下铺，人丁很茂盛。宿舍门前是运动场。运动场上没有什么设施，戈壁土用白石灰拉出跑道线，再挖两个坑，拉些细沙，就能跑步、跳远和跳高了。足球门框是那种锈迹斑斑的旧钢管焊制的，守门员手常触摸的地方被磨得锃亮。没有网，球踢进门后会直线飞出很远。那时会有一些维族巴郎在那里踢球。他们球艺不错。无聊时，我会看他们。一个叫库热西的同级男生，会用身体的各个部位颠球，还会跳起来用二起脚往自己背后踢球，我很敬慕。多年后，看世界杯，发现那个叫马拉多纳的球星也踢了一个那种球。我知道了，那叫倒钩。

学校在"复课闹革命"，忙着抓阶级斗争，基本没有老师管我们。学校没有食堂，我们就去矿区职工食堂就餐。我们每月去一次食堂科，在小洞口里用钱和粮本或粮票换菜票、饭票、肉票、大米票。那些票证大多是牛皮纸印制的，被许多手磨搓使用过后，柔软而温馨，很耐用。摸着饭票，有抚摸圣物的感觉。只有大米票特别，很薄，是白纸的，颜色与大米一样，每月只发两张，只能买两份米饭。那时我每月自定的伙食费标准是十二至十四元。我吃父亲的工资，知道该怎么节俭。母亲习惯性地每周给我四元钱。有时，我就退回去两元，说上周没吃完。我知道用钱的难处。食堂大锅里总是白菜、萝卜和土豆。炎热的夏季会有一些茄子、辣椒和凉拌西红柿。三食堂的凉拌西红柿很爽口，清凉，甜润，我们都爱吃，但据说是糖精调拌的。包谷面烤发糕表层焦黄油亮，香脆可口，去晚就没了。

新学期开学，宿舍来了一位新生，比我低一级，叫马毅，很大气阳刚的名字。马毅个头高，壮实，稍胖。那时我发育晚，个头大约只有一米六左右。不过马毅挺老实,性格柔柔的,比我还要柔。我那时由于年纪小发育晚,时常也会有更大的坏孩子欺负,但时间长了,他们发现我不惹事,学习好,就不再当眼中钉。那时我觉得"发育"一词很流氓。

马毅是那种又懒又肉的男孩,一般情况下,老实孩子较勤快,有眼色,吃苦耐劳,挑水、提水、扫地、生炉子、搬煤块是一把好手。住集体宿舍,这些苦力活一般都是老实孩子做。老实孩子就养成了爱干活的习惯。大孩子或坏孩子会专捡这样的孩子欺负,让他们去食堂买饭、洗衣服或倒洗脚水之类,如若不干,就拳脚相加。马毅另类,马毅老实归老实,却不大干活,宿舍轮流值日,他一般都忘记,别人催促他,他才漫不经心地胡乱应付一下。中学五年,我宿舍舍友换过多人,没有碰上特别跋扈的,可像马毅这种奇懒的还是头一个。

学生宿舍是杂七杂八人经常聚集的地方,常有不三不四的大男孩光顾,比如六九届、七零届的高年级学生流窜而至,讲一些低俗故事或教我们擦皮鞋、抢军帽、拍婆的经验。我就静静地听。知道社会比学校可怕。社会是个大染缸。那一年,林彪突然在蒙古温都尔汗摔死了,我惊恐又蹊跷。我惊恐毛主席最亲密的战友怎么会叛逃祖国?

见马毅如此懒惰,我就不舒服,时间长了就没法忍受,尤其他喜好躺在床上(上铺)吃瓜子,吐得瓜子皮天女散花一般在空中乱飞,有时飞到别人脸上,唾沫湿湿的顺着脸颊滑动,让人犯呕。可马毅依然躺着,也不清扫,弄得满地污秽。有一次我忍不住就爆发了——过去我从未爆发过,我总是勤勤恳恳主动干活。马毅让我是可忍,孰不可忍!

我大声命令道:马毅把地扫一下,太不像话了。

马毅于是就哭着扫瓜子皮。马毅起先哭声并不大,后来就放肆起来,像猪的干号。马毅干号着出去倒垃圾了。我有点沾沾自喜。因为我的命令生效了,我似乎也有了伸张正义和欺压懒惰孩子的满足感。

马毅却把事情闹大了。门外忽然有人厉声喊我的名字。我有点不知所措,脑袋嗡嗡嘤嘤一阵乱响。

我懵懵懂懂地走了出去。我穿着那种肥大的草绿军装,身体骨架显得松松垮垮,像个受气又营养不良的孩子。那时流行穿草绿军装。我很惶恐。

喊我的人是一个女生,叫马岩,很男性也很坚硬的名字。

我从没有门框的门洞里出来时,看到门口黑压压聚了一群人。那群人散落在偌大的运动场上,用一种怪异的神情正注视着我,也包括库热西那帮踢球的同学。我想,我当时的样子一定狼狈不堪。当我从黑洞洞的大门里伸出脑袋的一瞬,我一定酷似一个受审的犯人。运动场上众多的眼睛,像无数聚光灯,一齐射向了我。我惊恐万状又无法逃避。

马岩是我同班同学,绰号叫歪脖子。不是因为她太横,而是因为她天生就歪脖子。不知她小时候得过什么病,留下了歪脖子的后遗症。歪脖子马岩平时不怎么讲话,我与她从未说过一句话。那时,我们男女生不说话。如若必须说,也仅限于班干部例行公事。那时我学习尚好,担任学习委员、俄语课代表之类班干部。

马岩站在运动场上双手叉腰,歪着脖子,宛若要发威的骚公鸡。可惜,她不是公鸡。在我刚刚把脑袋从门洞里伸出,懵懂着还没弄清怎么回事时,她就劈头盖脸将我一顿臭骂。

马岩嚣张地尖叫着说:你以为你是什么东西?你是个狗屁班干部!你平时装模作样假老实假正经,其实你一肚子坏水,比大粪还臭,比屎壳郎还臭，比彭正刚还臭(彭正刚是一位体育老师，被定性为历史反革命)。你尖嘴猴腮，人小鬼大，你欺负不了王正道、朱世和，你欺负小同学，太卑鄙太无耻！太不要脸！

我傻眼了。彭正刚被抓回来掏大粪，当然身上是臭的。王正道、朱世和是坏学生，身材魁梧高大，好打架，甚至敢与老师动手动脚。我当然不敢与他们较量。

看着马岩，我顿时语塞，张口结舌，一句话也说不出来。吵架，我肯定不是马岩的对手。涨红着脸，在众目睽睽之下，我如一只丧家犬，耷拉着脑袋，无地自容。但我依然表现出理直气壮，就像死猪不怕开水烫一样。我盯住马岩的歪脖子想，这歪脖子还真适合吵架。一个平常不起眼又可有可无的女生，竟然如此泼妇，如此肝火旺盛。马岩让我刮目相看不可小觑了。细想，她一个不过十五岁的女孩，怎么就会有如此高超的泼骂技巧。我终于领教什么叫泼妇了。

马岩比我大两岁。她虽然个头不高，长相砢碜，但她的歪脖子却很有风度。过去我一直把她划入忠厚老实之列，虽然她天分不高，学习一般，但因是歪脖子，勾引出我对她的怜悯和同情。只是内心深处从未正眼瞧过她，她是被我忽略的女生。青春发育期，男生们会议论某某女生的长相、性格及身体结构，但一般不说马岩。即便说，也总带有贬义。我曾悄悄观察过那些被男生们议论的漂亮女生的仪态，我觉得男生的评价很精准。每每这样想，我就觉得自己的内心龌龊，卑鄙。但我从不细致观察马岩。

马岩大概发现了我的无赖和漫不经心，就使出了杀手锏。马岩真是个狠毒的小女人。

马岩说：你一贯欺负人……你装憨厚，假积极，你在西村就经常欺负人,你还当别人不知道,你干的那些好事,早就呈现在了光天化日之下了!

我咯噔一下,愣住了——心理防线终于被击垮。我的软肋很疼痛。马岩的话让我大惊失色,也让我惶惶不可终日。

西村,是我家的居住地——我,我父母,两个弟弟的家。那是一个安谧宁馨的小村。我每周六下午放学后就一路奔波往西村走,那村距离学校有十多公里路程。我周六回家周日返校。我家在西村住了两年。那两年是我初二到高一的关键时期,我幼稚的思想是伴随着往返西村小道上那些野蔷薇、金露梅、狗娃花、苦苦菜、鸢尾、骆驼刺等戈壁植物的气息逐渐成熟的。我对西村有一种无法言说的乡情。那时,我家养了一群兔子和一群鸡。虽然生活困难,但回家后我常能吃到兔子肉和鸡肉。如今,我常常会梦见西村。前段时间,我硬拽一个朋友去看我少年时住过的西村。我没有找到我家。我只看到一片坍塌的废墟。西村仿佛已经冷寂沧桑一个世纪了。

我冥思苦想,在西村我到底经常欺负谁呢?面对黑压压的人群,我想到了一个人。她就是我西村的邻居——罐罐。

我会欺负罐罐么?我真的欺负过罐罐么?

肯定没有。但,马岩为什么会说出如此恶毒的语言攻击我呢——只有一种可能:罐罐对马岩说过我的坏话。

我不敢再分析了,我的头炸裂一般疼痛。

心理防线被彻底击垮。

我一直以为罐罐是我"心有灵犀"的异性同学。我们两家曾一同居住在一个叫古尔图的小镇,又一同搬到西村。然而我错了。我悔恨交加。

从此,我开始恨罐罐。咬牙切齿的恨。

这个叫马岩的歪脖子女生是马毅的姐姐。

送饭

在实施一个盲目锻炼计划。从我寄居的山脚平房为起点,我们每天早晨沿崎岖的国防公路往后山跑步。那个早春太早了,清晨的天空还黑魆魆的,四周笼罩着雾霭和冷飕飕的寒意。北天山的积雪还没有彻底融化,近旁红褐色泥火山的沙土还冻结着,阴沟处残留着一些灰黑的冰块。

摸黑起床。他们已经在门外等候了。罐罐、曾莉、晨和吕新民。那年我十六岁,上高二。我们结伴锻炼两小时后,才各自回家。只有我一人住山脚下的土坯小屋。那是个孤零零的小屋,静卧在幽谧的土山脚下。我像隐然于山谷中的一株野草,随风飘摇着,低矮,脆弱,细瘦,但我挺充实。回土屋后,我迅速洗漱,然后去运输站职工食堂吃饭,再去学校。

这个锻炼过程仅限我们五人知道。如今,三十八年过去,应该依然只有我们五人铭记着。

那时男女同学基本不说话。当我揉着惺忪的睡眼走出土屋,他们已经黑影憧憧在电线杆下等我了,如四只小黑熊。不说话大家就开始跑步。我双腿很勤奋地迈动着,脚力很足。埋头跑的时候,他们就埋头跟上。罐罐和曾莉有时就跟不上。我回头站下,等他们一阵儿,待跟上了,再接着跑。我们步伐整齐,唰、唰、唰,很有气势。不过,有时也稀疏,有不协调的杂音。安谧的山谷里回荡着我们内心灼热的脚步，声音嘹亮，脆响。自从被女生马岩辱骂之后，我对罐罐有一种彻骨的嫉恨。我深藏在内心，不会表露。后来罐罐家搬到了矿区，我家仍然住西村。罐罐虽然一如既往地对我，但我却心存芥蒂。我想，罐罐肯定说过我在西村的坏话。

这时罐罐已经出落得有些妩媚了，少女身体的特征开始凸显，鼓胀与隆起隐现着婀娜与楚楚动人。我虽然有气，但也会不由自主地看她。看完之后，就会从灵魂深处批判自己的罪孽与缭乱。有一次，罐罐穿了一件无袖背心，袒露着白皙的胳膊，坐在家门口小板凳上看书。那一刻我觉得罐罐的胳膊很美。那胳膊配上她静谧妍美的样子，极诱人。我想，罐罐是故意让我看她的。罐罐在用资产阶级的情调腐蚀我。这样想着，我又觉得自己太下流，不是无产阶级教育出来的好孩子。

我推测，罐罐也许没有向马岩说过我的坏话，是马岩蓄意编造的谎言。想着，我就把罐罐分隔开来：一个柔美温馨的罐罐，另一个倒闲话搬弄是非的罐罐。于是释然了。天空变得邈远而清逸。我要用实际让倒闲话的罐罐无地自容。

我做了两个绑腿沙袋，往沙袋里装满细沙——足足有四五公斤重。然后把沙袋分绑在小腿上。我的情绪冷郁而高远。我要刻苦训练，我要取得傲视天下的成果。那时我甚至云雾缭绕地认为，我一定会成功。我内心深处的虫子被勾引出来了。

晨、吕新民虽然与两个女生说话也少，但他们跑一阵就会放慢脚步，或佯装系鞋带或停下来伸屈胳膊踢踢腿。我明白他们在等罐罐和曾莉。他们被我看穿了，果然，罐罐曾莉接近他们后，他们又开始继续前行。偶尔，山谷陡坡会干扰攀登的节奏，他们就伸手搀她们。

我心里于是就不是滋味。我想，我挺傻的，我为什么没有想到拽她们，我只会毫无目标地疯跑。那只是想一下，我依然会继续疯跑。我与他们的距离就越拉越大。

翻上那个陡坡，是一块平坦开阔地。那里空气清新，静绝幽僻，鲜嫩的小草已经冒芽。东天渐渐发亮，由浅灰变成暗红，再由暗红变成橘红，霎时，太阳就缓缓地从地平线升了起来，杏黄杏黄的，如一条颤动的金线。我的心胸顿时开阔起来。

停住脚步，我开始活动腰肢、踢腿、跳绳，打一套叫开膛拳的武术，然后到一个废弃的阀门池里拿出藏好的一枚手榴弹——练习投掷。这是我的隐私训练项目，晨、吕新民不知道。我训练得卖力而津津有味。后来在校运动会上，我的手榴弹投出了六十二米四的好成绩，与冠军仅差二十厘米。不过，参加工作后的运动会上，我着实风光了，我用精瘦的臂膀，两次投出了六十六米，两次夺得冠军。每次投掷，我的手榴弹都会奇迹般超出底线很远，博得观众阵阵欷歔，也让那些魁伟的壮汉们汗颜。

投掷练习结束后，晨、吕新民、罐罐、曾莉才呼哧呼哧爬上开阔地。这时，大家心情都很亢奋。金色的太阳已经在山尖上冉冉攀升了，如一个硕大而温暖的火球。

我们高唱起一首熟悉的样板戏片段：太阳出来了，太阳出来了，太阳出来了，吆喝一吆喝……太阳出来了，太阳出来了，太阳出来了……山坡上歌声振荡，回声连绵不绝，传得很远。

异常兴奋，我们如五个完成了使命的小红军战士一样，雀跃欢呼，忘情地欢笑，没有了男女生戒备，不再腼腆和矜持。

后来，学校运动会上，我出尽了风头。我的三千米长跑是全校第二,全年级第一。每次比赛,罐罐、曾莉总会从某个密集的人堆里钻出脑袋为我加油,帮我拿衣物。我甜蜜着。我用实力证实了我男子汉的魅力。我从罐罐、曾莉的眼神中读出了她们青春期的心底秘语。我知道,是沙袋、手榴弹和陡坡攀缘成就了我。

爬山比赛就接踵而至。那是一次矿区运动会的启动仪式。目标是爬上泥火山顶——一座高约五六百米的庞大的红褐色山丘。硕大的泥火山下,黑压压聚集着人群,密不透风,开阔地上,人山人海。在人群中穿梭,我突然觉得自己异常渺小,小得如同小蚂蚁。面对人高马大的炼厂工人和穿带规整的同学,我慌乱起来。罐罐、曾莉唧唧喳喳给我打气,说:你行的,你不用管对手如何,你水平比他们高,你要平静,你当他们都是木头、石头。

平静了。哨声吹响,我就像兔子一样狂奔,当跑到山脚下时,我已经从攒动的人海里脱颖而出。顽强地与艰难抗衡,爬山脊,翻陡坡,那陡坡还夹杂有湿漉漉的泥巴。滑到了,爬起来。再滑到了,再爬起来。气喘吁吁,喘息困难,双腿麻木酸软,但我坚持着。一瞬间,也曾有过放弃的闪念。但它很快被消灭掉了……

我第一个撞到了山顶的天空,抢先夺到了那杆飘扬的红旗。

冠军当之无愧。第二名是一位炼厂工人,当他爬上山顶时,我已经挥舞红旗好一阵了。工作人员与老师们都亢奋地嗥叫着,欢跳着,与我拥抱……我成了英雄,就像《英雄儿女》里的王成一样。我被人们仰慕赞颂了许久。后来,人散了,我就瘫坐在山顶上。罐罐、曾莉、晨、吕新民疯狂地对我说了很久,我什么都不记得了。

回到土屋,我浑身酸软如散了架一般。没有脱鞋,一头栽在木板床上睡着了,恍恍惚惚我进入了梦乡,但数分钟后,我突然醒了,浑身打了一个寒噤。

一股从未有过的孤独感袭来。我想家了。那时，我家已搬到相隔数百公里的外地。我寄宿的土坯小屋，只有一张铺板，铺板被两个条凳支撑着，一张四腿桌，上面放着我自制的小台灯。许多个寂寥的夜晚，我总是龟缩在台灯下一字一句地读《反杜林论》，我认真而虔诚，但我对那些深奥又绕口的理论始终似懂非懂。

我潸然泪下。

有人敲门。

擦了一把眼泪，我打开门，竟然是罐罐。她手提花头巾包裹着东西，晶莹剔透地站在门口。夕阳正巧穿过她蓬松的头发，镀了一层金色的亮边，闪着光。

罐罐每天与我一起跑步爬山，但她从未进过我的土屋。

罐罐说：我，我妈让我给你送饭……说你太累了。说完，罐罐把东西就放在书桌上，打开了花头巾。里面包裹着两个铝饭盒。饭盒里盛装着红烧肉和大米饭。

我嗫嚅着嘴唇，不知该说什么。

罐罐说，太累了，你先洗洗，然后把它们消灭掉。说完，罐罐就转身跑了。

我走到门口，发现罐罐一路小跑着，背影在夕阳下似榴火一样，羞涩而忸怩。

罐罐说：我妈让我给你送饭。我木讷着，回味着这句话，感觉它像从天穹里发出一样。

那年我十六岁，属于男性的东西正开始朦胧地向外腾跃。

隐现的疤痕

扛面

天还黑着，我被母亲喊起床。母亲声嘶力竭一遍又一遍喊。我揉着惺忪的睡眼，懵懂中搞不清母亲为什么这么早叫我。放假了，我本可以享受轻松自由了，可那天气氛有些紧张。前一天我看见母亲在缝干粮袋，那是一种细长的草绿色袋子，斜背在肩上，就像曾经的八路军战士一样。母亲把馍馍切成片放在火炉边上烘烤。我吃了一块干馍，母亲打我的手说，这是备战粮，苏联打过来，我们才吃这个。我明白了，这段时间备战形势紧张。母亲说，苏联飞机八分钟就能飞到咱这，然后就会撂炸弹。我还听说了不久前中苏军人在乌苏里江珍宝岛打仗的事。苏联新沙皇野心不死。打了个寒战，我再无睡意。

那年我十岁。

摸黑穿上母亲为我改装的父亲的军服，我有点神气。那时全国人民都酷爱绿军装。好几次我戴军帽走在上学路上，都被骑自行车的人抢走了。穿好绿军装下床后，我才感觉气氛似乎并不紧张。母亲说，去操场听重要广播，赶快！

我的小聪明得到了验证，不是打仗，是"九大"召开了。操场上黑压压聚集着人群——随军家属和大一点的孩子。朦胧中，我心脏突突快跳着期待那个幸福时刻的到来。我比两个弟弟幸福，因为母亲没有叫他们。不一会儿，我就听到了北京的声音，那声音在高音喇叭里弹跳着，纯正而尖厉。一瞬间我也跟着人群潮动雀跃起来。

听完广播，天已经大亮，母亲说白面没了。我就屁颠屁颠跟母亲去粮店买面了。春天的气息正稍稍在红柳枝条上聚集，原本的干燥和枯萎，忽然就变成了淡淡的柔绿。早春的古尔班通古特沙漠南缘风寒犹在，冷风宛如无数个小刀在吞噬你的肌肤。母亲穿了一双小号军用胶鞋步履快捷。母亲双腿十分有力。我跟着母亲如小跑的羔羊。这时，我蓦然发现，我个头居然赶上母亲了。我兴奋无比，我觉得我有了男子汉英武俏拔的意味。可以帮母亲干活了，我沾沾自喜。

粮店其实就是一个代销点，只有两名店员，服务范围仅限于随军家属。那几年粮食供应紧张，按比例定量，白面百分之四十，玉米面百分之六十。白面就是小麦面。那时我每月定量二十一市斤，百分之四十小麦面也就勉强四公斤。粮店的阿姨肥硕、粗俗，她夸奖我懂事，声音似沙哑的母鸭：海子能帮大人干活啦，好啊，你老胡有福啊！胖阿姨也斜着眼看我，嫉妒地继续说：个子长高了，过两年就该娶媳妇了！我霎时就有呕吐的感觉。我想，太流氓了，那样肮脏的语言也能说出口。我藐视了一眼胖阿姨。哼哼，难道我今天才开始帮母亲干活么？前几天我还跟母亲去荒野沙窝里打梭梭、红柳柴呢！我们拉回满满一架子车虬龙般的干柴。我用绳子捆好那些枯朽的红柳梭梭，还驾辕了。我晃晃悠悠地双腿哆嗦，但我还是驾车走了好几百米。后来母亲就不再让我驾辕。母亲说，你还要长个子，不要压得不长啦。胖阿姨说我时，白眼仁很重，眼神直勾勾地，让我脸上火烤一般。我不敢直视她，就低下了头。胖阿姨说，还害羞哩，像个大姑娘。我于是头更低了。我很不服气,我一个小伙子,怎么就大姑娘啦。我要让你看看我是怎样一个威武的男子汉。我讨厌这个古怪"流氓"又叽叽喳喳的胖阿姨。母亲接过话茬说,海子还会打柴火、做饭哩。母亲褒扬我时,神情很满足。

后来,我就扛起了那袋白面。母亲买了粮本上的最后十公斤白面。那是我们家一个月的全部细粮。胖阿姨称完面,就继续与母亲唠叨,我烦于听她们唧唧喳喳,就用细麻绳把面口袋扎好,扛上了肩。

那时的白面是八五面,比较黑。但,我知道那袋八五面的分量。我希望通过我的主动呈现来证实自己威武的男子汉形象。我扛起了那袋白面。

但是,出事了。

英武地扛起那袋白面走出粮店,我趔趔趄趄感觉很重,走了约摸十几米,正在后悔放不放下面袋时,只听扑哧一声,面口袋从背后开了,白面如天女散花一样在背后撒了一地。瞬间,我变成了一个白粉人。

脑袋嗡的一声,我顿时呆住了,手上就拽着几乎空空如也的面袋子。

胖阿姨失控地尖叫一声,那凄厉的尖叫让我母亲惊讶地转身跑了过来。母亲一下就明白了我犯错误的症结。母亲说,你这个傻孩子呀……

我似乎也忽然明白过来——我真傻,我怎么会犯如此低级的错误呢?我居然把面袋口扎到了背后——那口大约也扎得不够紧。于是,在我扛着面袋英气逼人地行走时,面粉就挤压着向袋口聚集,最后就挤脱了捆扎的麻绳……

母亲跑过来，看着一地白面，心疼地用手轻轻收捧着表层干净的面粉……母亲用手打了一下我的脑袋，有点恨铁不成钢。我看见母亲手上的白面在我头顶如爆炸一般飞溅到很远。母亲再也没有说话。

我呆若木鸡，愣怔着伫立了很久。

胖阿姨慌张地跑过来，拿铲面的簸箕轻轻撮着白面。我看见那白面里掺杂有一些灰色的浮土……心里一阵悸疼。

寒风轻轻拂动着我青春萌动的脸，我羞耻又烦躁无比，我感觉脸上的一颗青春痘有些痒痒。我抠了抠脸，我知道我的肤色变得惨白惨白。

后来，我就不记得母亲与那个肥胖阿姨是怎样把撒落的白面收拾出来的。我一直懵懵懂懂站着，如一个弃儿。我的灵魂蜷曲着，茕然孤立，并且声泪俱下。

那个假期我们全家只得以吃玉米面为主了，母亲天天为我们变换花样，玉米面糊糊、玉米面搅团、玉米面蒸发糕、玉米面烤发糕。我的胃就从那年开始时常发酸，后来还经常疼痛。两个弟弟为此对我也埋怨不止。我哀怨着，内疚着，耻辱着，自责了很久。我觉得我犯了滔天大错，比阿斗还傻。那时我居然知道阿斗。于是，我就爬在几块木板合对的大床上怅然若失地思考。我思考起一些看似深奥又悠远莫测的哲理。现在看来那只是甬道上、墙角里时常能瞥见的普通道理——我想，在你以为你什么都能做的时候，你可能就被你的自满和傲慢蒙蔽了，就故步自封了。于是你就成了世界上最土鳖最没用最傻帽的儿子——我悲悯无比，那胖阿姨给我的褒奖仿佛是对我最大的讥讽和嘲弄。我无地自容。

我再也没去过那个代销粮店,我无颜面对那个肥硕粗俗的胖阿姨。

痛苦的核心症结是,我把面袋扎口扛到了背后。多年后,我依然刻骨铭记着我的失误。那一天,"九大"召开了,氤氲中,我享受了最早聆听北京声音的待遇,但我的自足与惬意很快被疼痛淹没了。

冲撞

那一夜,我在被窝里读《欧阳海之歌》,为了不影响同学睡觉,我用手电筒照亮。贺四眼边说梦话边放屁,小虱牙齿磨得吱吱怪叫。我全神贯注地潜入欧阳海深处。欧阳海短暂的二十三年人生瑰丽。欧阳海先后三次跳进水里救了四个小孩,我却没有碰上。我想,我要碰上了我真敢跳水吗?欧阳海在"关键的关键"跳了,欧阳海使我澄明又高远了许多。我迷迷瞪瞪睡着了。

后来我被吕新民推醒,说,练车去。吕新民家住矿区,是同窗密友。我迷糊着,磨磨叽叽半天才爬起来。吕新民说:我给你拿了自行车。于是,我没洗脸就跟他上了操场。那里停放了两辆自行车。我问吕新民是用什么"高招"把两辆自行车弄到操场上的,他咧嘴笑笑没有回答,我看到了他一口整齐的白牙。那时电影《地雷战》盛行,画外音有"各村都有许多高招"。我蹊跷地看吕新民,感觉他很高大,有仰视高山的敬意。

那时我在矿区中学寄宿读书,家在数百公里之外。"文革"后期,商品匮乏,买布要布票,买肉要肉票,买粮要粮票,买自行车更要自行车票。我十分羡慕和崇拜矿区子弟骑自行车的洒脱样子。

学得很卖力,两个小时,我就能自如地上下,还可站在脚蹬上溜车。吕新民松手让我自己骑。我围着操场转了两圈。我说,怎么样,是不是可以出师了。吕新民说,你的悟性不错。那时吕新民能说出"悟性"这样生僻之词,令我惊讶。我说,那我们上路吧?吕新民犹豫了一下,说,好吧。

于是就不知深浅地上路了。吕新民在前我在后。我们沿马路过五区、四区、过人民电影院,再过炼油厂中门,我亢奋无比,我想我居然真的会骑自行车了。马路上汽车很少,偶尔会碰上一辆拉焦炭的老解放槽子车,车过之后,一股尘土扑面而来,很呛人。我和吕新民就张嘴骂一句脏话,骂完后,并不计较,而是继续骑车前行。

潜在的危险其实就蛰伏着。当然那危险蛰伏得很深,我一丝一毫都没有察觉。我依然一路高歌地踩着脚蹬子。

行到红旗商场附近时,马路中间有一个提网兜和铝饭盒的人。网兜和铝饭盒是那个时代司空见惯的用品。那个时代人人都提网兜和铝饭盒。那人在马路中间埋头走,也不看四周。我有些烦躁。在我烦躁的那一瞬间,我们的自行车就离那行人很近了。那人走在马路中间,我们就往右侧路边靠。吕新民在前我在后,吕新民穿过那行人后,那行人似忽然苏醒了,猛地往右侧路边靠来,于是出了事。

那人往路边靠时,我正巧已走了那人要靠的线路上,由于我是新手,对突发事件没有应对能力,慌乱了,居然忘了捏闸……于是就与那个行人遭遇了,准确说是我的自行车前轮重重地撞在那行人的腿上。我听到一声沉闷的轰响,感觉冲撞到一个很重的物体——那行人被撞出数米远,网兜和饭盒也在马路中间叮叮当当地颠簸着,发出了凄厉的尖叫……

我也摔倒了，自行车还压在了自己身上，待我慌慌张张翻身推开自行车时，发现那人还爬在马路上……我愣了一会儿，意识到出大事了，决定拉他起来。推开自行车，我径直跑到那人身边推他，然后拽他的胳膊，那人却冷不丁地翻身爬了起来，惊我一跳。

那人翻身的动作敏捷麻利，我没有一点思想准备。那人一把推开我的胳膊，恶狠狠地瞪我一眼，跑到我的自行车前，用劳保皮鞋踩踏起自行车辐条，咔咔咔，他凶狠地踩踩着……我看见自行车辐条在劳保皮鞋的踩踏下，渐渐弯曲变了形。

我傻眼了。这是吕新民的自行车，踩坏了可怎么办。于是我跑去扶自行车，那人就与我争抢起来，龇牙咧嘴，用大皮鞋踢得更狠……

吕新民听到争抢的声音，折返回来为我解围。

这时，我才发现被撞者其实是一位约莫四十岁左右的老师傅。那时，我们把年过四十的人都叫老师傅。那人大约发现我是个毛头孩子，就气咻咻地啸叫起来，愤怒地说：妈了个操的，是个什么东西！专门往人身上压吗？小杂种！没有教养的畜生！有人生没人管的土匪！走，上公安局去！上公安局去！于是抓住我的自行车不再松手。

我懵了，一句话也说不出来。一个十四岁的孩子，哪里见过这种阵势，泪水迅速聚满了眼眶。

围观的人群黑压压一片，我惶恐不安，脸色煞白。我的耳鼓里充塞着土匪、小杂种、流氓等污秽指责和侮辱之声。自小我还是第一次这样反面地成为中心，我惊惧万分。再也无法承受，我的眼泪簌簌地掉了下来。曾经在这个红旗商场前的广场上，我亲眼目睹过数千人开会"批判走资派杨伯让"的情景。那个叫杨伯让的人是一位老红军，他被反剪了双手站在舞台上。杨伯让怕了，双腿在发抖，不住地打战，然后就颤颤巍巍蹲了下去。当时我想，走资派就是走资派，他害怕革命群众。眼前，我觉得我变成了杨伯让，有一种被黑魆魆人群批斗的惶恐。双腿瘫软，我怎么也站不起来了。

如一只柔弱的羊羔，我无助而惶遽。被撞者在无数围观群众的呼啸中精神倍增，更加猛厉和疾言厉色地指责我、漫骂我——我成了一个坏人，我想。我真是个坏人，我不配当红卫兵，更不配当红卫兵的优秀代表。因为前不久我刚刚参加完全市第三届团代会。作为中学生和优秀红卫兵代表我列席参加了那规模庞大的团代会，我无上光荣。与那些大哥大姐们一同开会，我忐忑不安。我暗暗下定决心，今后要勇挑重担，狠批自己的私字一闪念，为解放全人类受苦受难的劳苦大众而奋斗终生。然而，眼前我辜负了学校，也辜负了推举我的老师和同学，根本不够一名优秀红卫兵的资格。我是一个本质肮脏的坏孩子，我没有学会骑车就狂妄地到处乱跑，还骄傲自满，孤芳自赏，为所欲为。那都是被资产阶级思想腐蚀的结果，我已经掉进资产阶级泥坑了。

我蹲伏着，惊骇着，自责着，悔过着，泪流满面。我虔诚聆听人们对我的批斗和指责……有人愤怒地说，送公安局关他几天！众人异口同声附和。我浑身更加哆嗦不止。

许久许久，有一个异样的声音出现了——一位阿姨说话了。那阿姨说，他还是个孩子，你们看他哭得可怜样，就算了，放了他吧。那阿姨对我说，不会骑车就别骑，撞死人可咋办哩。那阿姨河南口音，稍胖。

阿姨的话比较灵验。我的确是个孩子——那被撞的老师傅只是腿胳膊和脸上有一些擦痕，虽然流了血但并无大碍。

在那位阿姨的斡旋下，人群渐渐散去了。我挺幸运，没有被扭送公安机关。

吕新民也是孩子，他比我矮小一截，他只有聆听批斗的份儿。吕新民的解释在强大的"文革"氛围里渺小而微不足道。

此后，我再也没骑过自行车。我记住了我的耻辱和恐惧。直到下农场接受再教育时，为了去几公里外的五五新镇，我不得不重新骑它。那一天，我跨上一辆很旧的永久牌自行车，晃晃悠悠，似有即将摔倒的惶遽。围着打麦场转了数圈后，才七扭八拐找到控制平衡的感觉。虽然那年我已经长到一米八零，但我骨子里畏惧那颗深埋下的肮脏种子。

撞人事件半年后，我下工厂锻炼，接受工人阶级再教育，到了一个汽车保养厂。我成了主修一班组员，任务是修理老解放车与老嘎斯车。我从地坑爬到地上，又从地上下到地坑，不断在汽车的下半部蹒跚游动，拆卸轮胎，修理传动轴，更换弹簧钢板，加打黄油。我汗流夹背地脱变为一个地道的浑身脏兮兮的汽车修理工。我学会了使用各种规格形态的扳手——开口扳手、活动扳手、套筒扳手、梅花扳手。

一天，田师傅让我去库房领材料，大约是领手套、大布、肥皂之类的用品。我轻捷地往库房跑，保养厂似乎已经变成了我的家。疏朗，清旷，幽雅。我穿梭在厂房之间，如畅快的小鸟。可当我跑进黑洞洞的库房大门时，却看见了一个人，我不禁打了一个寒噤，顿时语塞。

我看见一个满脸阴郁的人。他正直勾勾地盯着我，让我头皮一阵发怵。那人就是被我冲撞过的老师傅。他竟然也在汽车保养厂工作，而且就是库房保管。脑袋一阵晕眩，我双腿发软，浑身没有了一点力气。冤家路窄，我吱吱呜呜竟有些神魂颠倒。

那老师傅张口说话了,非常严肃:你来领什么? 我噏嚅着嘴唇,竟然想不起要领什么东西?我面红耳赤。那老师傅语气稍稍温和了些说:我听过你在"批林批孔"大会上的发言,挺有胆量嘛! 不过,你把孔老二"克己复礼"批得还不深不透,没有抓住根本,应该再深挖深究。

我诚惶诚恐地点头,如鸡啄米一样。再深挖,深究。我心里应答着,觉得老师傅很像威虎山的坐山雕。那天我始终没有想起要领什么材料,我十分沮丧地返回了主修一班。

爆炸

选择了她的生日去领结婚证。那个日子于是就有了象征意味。我到行政办开了证明,然后就在那个秋高气爽的日子坐敞篷车到市里领证。那时我对住房没有更多的奢望,曾梦想过在一个旧式水房改建的小屋内营造缱绻的小家——外间挂衣帽,里间有书桌,有自制的书架、台灯和双人床。温馨就从一盏台灯的光晕下散射出来,昏黄,静谧,漫溢着罗曼蒂克的味道。

事实证明我的梦想太过浅薄。有证才能领住房,但总务科管理员分给我的住房让我沮丧。那是一间老式土坯平房,墙壁污浊,有不少噬洞,外间是自建的低矮小屋,墙体歪斜,似瞬间要轰然倒塌的样子。即便如此颓破,我心潮还是激越了很久。几个同学主动帮忙,在低矮的小屋内又加固了一道新墙,虽然地方更拥挤了,但不必担心它倒塌了。随后,我就开始自己粉刷房间,我在石灰中加入了过多的洋蓝——我的创意。于是,瑰奇出现了,湖蓝色的新房别具一格,迥异,宁馨,让同事朋友们惊叹不已。

剩下的事情就是做家具。那时刚刚兴起做大立柜，有木工走街串巷背着刨子和锯子揽活，样子有些嚣张。管吃管住还要付钱，木工当然气宇轩昂。

三个月后，我的新房配置基本就绪。我沉浸在自我陶醉的幸福之中。须臾间，严冬就不知不觉来了。那年冬天西伯利亚的寒流很凶，从黛苍苍的北山峡谷里呼啸而出，如无数个砍刀在削砍着豁然开阔的准噶尔大地。我们身穿棉工服、头戴羊皮帽子还冻得浑身发颤。那时，我们穿竖条纹的道道棉工服，胸前印有"石油"字样。

气温骤降至零下三十八度，我只得自己动手盘砌炉灶。那是一种两用炉灶，可烤火取暖，又可放锅做饭，并与取暖火墙相接。那火墙是红砖垒砌的，先前的住户已使用多年，我看它耐用，就没有推到重换。我新砌的炉灶看似龌龊，但挺好用。砌炉灶是我从小看大人盘砌时偷学的，中学住集体宿舍时，还大胆地自己盘砌过，居然火势呼呼旺盛。那一天，我砌完炉灶，没等它干透就点燃了炉膛。炭火在炉膛里劈劈啪啪，火舌一直穿插到火墙深处。我很欣慰，我知道我砌的炉灶很争气，心中犹如一抹清逸轻轻滑过。

那一天，家具油漆也进入尾声——待明天再刷最后一遍漆，就大功告成。我进入一种沾沾自喜的自恋境界。家具一律被我刷成了淡绿色，还带有精致的绿木纹，象征着活力与勃勃生机，更象征着绿荫和清润秀雅。油漆工惊讶地说，这是我们刷家具史上碰到的第一个。后来我的绿色小家一度成了青年新婚者效仿的典范，多年后还有人会提及。

那一天，油漆工走后，我有些困乏，不想再回集体宿舍了。自拾掇婚房开始，我就搬来一个单人铁床，在床上铺上毛毡褥子，再把被子一搬,就可以安睡了。我常常睡在了我的"工地"婚房。

那一天,我开院门送油漆工时,发现下大雪了。黑魆魆的夜,密集的雪花在空中曼舞,穹隆深邃博大,旷野一片幽白。冷风嗖嗖,我迅速关上了门。

回屋后我给炉膛添加了一些碎煤,希望它能长时间燃烧,随后就入睡了。煤炭在炉膛里燃烧着,火苗沿着火墙七扭八拐的烟道,慢慢向烟囱消散而去。我摸摸火墙,感觉温度不错,还有些微微烫手。那些年,火墙是房间最好的散热器,还有保暖功能,是冬季最好的取暖方式。刺骨冰寒的冬季,火墙给室内带来了一番别样的盎然春意。

我进入梦乡……我在飞翔。我穿着喇叭裤(当年最新潮的象征)在森林里追逐嬉闹,那森林树木低矮、粗硕,绿草萋萋,花蕊吐艳,电子琴空幽梦冥的乐曲中,一只小鹿探了一下身子就跳着跑了,那小鹿探身子的动作十分优雅,我飞着追了上去,我的速度与小鹿一样快,且轻盈敏捷。我发现那小鹿其实是一只梅花鹿,斑点是橘红色的,婉丽华缛,韵味迷离……于是,音乐就更清晰了,我四处张望起来,寻找声源……我发现下雪了,弥天覆地,冷风嗖嗖,小鹿若隐若现,瞬间消隐了,我打起了寒战,很冷……

被冻醒了,厚实的棉被居然抵挡不住奇寒。我伸手摸摸火墙,发现火墙已变得通体冰凉。哦,炉火烧完了,我想。开灯,下床,披一件外衣,我来到外间火炉旁,发现睡前添加的碎煤居然没有燃烧——肯定压多了,我想。于是就用火钩子捅了捅炉膛,看见火已经奄奄一息。找来一张报纸放在煤块上,点燃,但那报纸很快烧完了,煤块依旧不燃。我有些懵。室内温度已经很冷,我披着外衣就像一张薄纸,浑身瑟瑟发抖。我焦躁地在房间里打起了转转。看看表,才下半夜两点——怎样才能把火引着呢?

这时,我目光聚集到了墙角立放的酒瓶子上。我心头一亮。

酒瓶子!我亢奋了。那是一个用来盛装洗刷油漆排刷的汽油瓶,里面装有气味纯正的加铅汽油。我的思绪被激活了。哈哈,汽油是好东西!它会燃烧,会引火,会让煤炭迅速变成火球旋即光芒四射。

我忘乎所以了。

不再犹豫,拿起酒瓶,起开软木塞,往炉膛奄奄一息的煤炭上倒了一些汽油……但汽油并没有燃烧。我知道煤块里有星火,它很快会燃烧。但是,期待了一会儿,我发现煤块还是没有燃烧。

于是,我急了,撕了一张旧报纸,用火柴点燃,伸进了炉膛……我看见炉膛火着了。但是,就在炉膛火燃着的一刹那,轰的一声巨响,爆炸了,接着就是噼里啪啦的碎裂声,撞击声,顿时,黑烟滚滚,尘土弥漫,呼吸困难……我意识到火墙爆炸了。

我愣怔住了,待回过神来,才发现室内已乌烟瘴气,狼藉一片。火墙完全坍塌,床上堆满乌黑的砖块——幸亏我不在床上,不然后果不堪设想,我一阵余悸——刚刚刷过漆的大立柜损失惨重,穿衣镜被击碎,柜面门上留下数个黑洞,一块残破的砖块还卡在侧板中央;写字台桌面上堆满砖屑、黑灰、粉尘;后窗的双层玻璃也被击得粉碎……

我终于被炸醒了,一阵奇寒袭来,浑身哆嗦不止……我找出被压埋在砖块下的棉工服穿上,蹲伏在墙角,肮脏而卑琐,如一只丧家之犬——静观着,我开始诅咒自己。新房还没启用,就变得狼藉,污秽,残破,漫漶。我悔恨万分。一个多么简单的道理呀,我却不懂。这时我似乎才回过神来,由眼及心,由表及里,有一种罪孽和崩溃的痛苦。傻瓜！傻瓜！我自虐着,歇斯底里着,木讷着。傻瓜啊！汽油是极易挥发的,它遇热就会蒸发,就会装满整个火墙烟道,那气体一遇明火就会裂变……我懵懂地拍打着自己额头,被悲哀和伤感击败了。

蜷缩在墙角,我再也无力站起。

天亮后,妻子(新娘)来看家具,发现屋内烟雾缭绕,混浊不堪,几乎晕厥了过去。

妻子惊恐地说:火墙怎么会爆炸得这么厉害?!

我低头没敢说话。

妻子发现了我脸上的异样,慌张地说:满脸怎么都是血迹?

我用手抹抹脸,竟然一手鲜血——我的前额、脸颊和下颌均被砖块击破了。

那天下午,黄义质老队长手拿一把瓦刀来了,我很惊讶。我惊讶的是我新房爆炸的消息居然传播如此之快——悲哀,无奈。黄义质是打火墙高手。他说,一会儿就砌好,这种事经常发生。不过你这火墙爆得太凶,我也从未见过。

搅拌着泥巴,我没有吱声,我的手颤巍巍抖动着,有些失控。我佯装着极其卖力地翻搅着泥巴。

几天后,我的故事就被毫无节制地演绎了。故事说,那天我赤身裸体与新娘双双被砖块埋在被窝里,如一对猥琐的土鼹鼠。

同学谜华力

华力热衷于搜集同学信息。华力说,正道、正道瘦了,眼睛模糊,有些失明,失明。我的头嗡的一声懵了。正道是中学同学中的打架王,块大,好斗,能侃,大方脸,眯眯眼,酒量大。正道有雄壮的胸肌和三角肌,那两块托子肉动起来很让人心惊肉跳。正道打架归打架,但侃起武侠故事,又相当文气。正道还说过一句让我终生不忘的话,正道说,我们这堆人里,阿海将来有出息。我龟缩在墙角,对未来怯怯的。

华力说正道时,我忽然有种自己好友被别人评头论足的痛苦滋味。正道是贴心知己,但我却多年不知道他的情况,很惭愧。目光转向天空,我看到天空中翱翔着一只大鸟。我怕华力看出我的苦涩。第二天我就去医院看正道了,他果然像个瞎子,黑瘦黑瘦的,皱纹密布,沧桑无比。令我心痛。三十年前的正道失踪了。正道后来又喝酒了,出院后恢复了先前的豪放与霸气。正道酒气熏天地说,中学时小倩是我的梦中情人。果然,那天喝完酒,小倩下车时,正道突然在她脸颊上亲了一下。小倩没翻脸,小倩已经五十四岁了。正道的动作让满车人嗷嗷直叫。正道完善着他中学时的想入非非。

大家感激华力。华力常常为同学情奔波。华力是谁?有人问。我回答说,华力就是长生。但同学聚会时,还是总有同学问。工作以后改的名,我说。

哦,同学们恍然大悟,说,就是长生呀,是那个有些结巴的长生。同学们的口吻有些漠然与鄙视。

二十年前我第一次听到这个名字,也很茫然,在意识存储深处翻找了半天,竟没有翻到具体形象。郑君说,就是长生。

华力干过一件让同学刮目相看的事。一九九二年同学聚会。算起来距今已经二十年了,人生如梦啊。那时,华力天天到我办公室,描述、说服、滔滔不绝,口才比先前流利了许多。他要说服我参加同学聚会的筹备。他说，你不参加，我们就缺乏骨架。他强调了骨架。我有点感动。二十年前我正值人生攀缘的兴盛期，有人抬举我，我肯定被蛊惑和感染。华力说，我找了郑君、贺四眼和大龚，他们热情很高。于是就分了工，我也染指了一些工作，诸如撰写并宣读开幕词、编辑出版同学录、主持聚会晚宴等等，还认真修改了华力起草的同学会章程。

那是毕业后第一次见华力的手迹，完全像女孩写的。横平竖歪。那竖一律向右倾斜，且每一笔竖结束时还要有一个上勾，很别致，新颖，大效果也比较好看，可仔细辨认，就会觉得辨认难，费神。我费神地看了一遍说，挺具体，没什么改的，相当不错。事实也是，虽然读着费神，但总则，分则，条款，一条一条细致入微，洋洋洒洒二十多页，让我惊讶。那时，我虽然在涂鸦文学，但最头疼冰冷条款之类的文字。我内心挺敬佩华力。华力却不依不饶，再改，再改改，再，改改。他急了，说话还是口吃，而且，多次重复，让人不快。

我认为，华力的这种语言表达，对他后来的人生履历是有影响的，尤其是陌生人，交流后，形象就会大打折扣。他总是自言自语，说：不错，不错。可以，可以，可以呢。他就这样说话，简短，重复，让与他交流的人很纳闷，很困惑，不知他要表达什么。他说，那个谁，那个谁，那个……谁？半天也没说清楚，我不再深究，我已经明白了他的意图，摸清了他要表达的中心思想。

一九九二年的同学聚会相当成功，回母校的同学居然有一百二十多人，活动两天，热闹，温暖，怀旧，缱绻。少年时的光景复现了，温馨中带着眼泪，回溯中飘着纯真亢奋，余音袅袅，数年不散。没有参加的同学都悔断了肠子。

其实,那次如果不是华力主动联络和张罗,聚会就无人问津。后来,就常有同学问,我们什么时候再聚呀,你们曾表示要五年一小庆,十年一大庆的。我说,我说过吗?同学说,不是你说,就是华力说的。那次聚会,我被推举为同学会秘书长,华力被推举为副主席。兴奋中也许我说过此话的,也许是华力说的。但由于这样那样的事务,同学聚会再没有弄成。

华力后来也遇到了变故,单位改制,取缔,合并,他几乎变成了一个边缘人,如一个游手好闲的浪子。他当然没有精力再召集同学。那两年他好像无事可做,常常到我办公室闲坐。有一日,他突然扛着一捆书,气喘吁吁地跑来,说,这个,这个,你帮忙看看,看看,找人买……买一下。

我愣住了,心里瞬间产生一阵鄙视。过分了,居然让我推销书,也不商量。当然我没有表示出我的不耐烦和不屑。那几年我的小说创作如日中天,被不少人捧得有点晕晕乎乎。

华力打开牛皮纸包装,抽出一本递给我说,我与人合著的,欢迎你批评,指,指正。

我又一次惊讶了,从未听过他在写书,居然就变魔法一样,弄出一本书。我将信将疑地翻了翻,发现是一本关于奥林匹克的资料汇集,书名叫《奥林匹克之最》,封面上竟堂而皇之地挂着"华力著"字样。我顿时厌烦起来,很不客气地说,这类书谁买?全是报刊摘录的。那一年我已出版过个人小说集,我十分藐视摘编、抄录之类不务创作正业的所谓文人。

华力看我不高兴,就更结巴了,说:你……看着……吧,能处理就处……理。说着,慌慌张张地告辞了,他出去后,我心算了一下那捆书,正好六十本。由于内心的不屑与反感,我始终没有正眼瞧过那捆书。工作一忙,就一直堆放在一个角落里,落上了一层厚厚的尘埃。我忘却了它。我骨子里是不洁的嫉妒。

大约半年之后,华力忽然打来电话说:有一个小伙子要去你那搬书,你帮他一把。我说,搬什么书,他说,我那捆书呀。我这才意识到,华力居然还有书在我这已经很久了。我咯噔一下,很内疚,觉得无颜面对华力。不一会儿,一个小伙子就来搬书了,说,华力主任让给你留一本。

那大约是一九九五年。那一年距离中国举办北京奥运会的二〇〇八年,还有十三年。那时,我根本没有什么奥运意识或奥运知识,我只是隐隐约约知道,中国已经加入申奥的行列。我想,奥运会肯定离我还十分遥远——一个狭隘而低级趣味的人。这就是我一个奥林匹克盲的真实内心,龌龊的内心。其实华力是一个超前的人,一个有着博大爱心的人。华力的奥运意识与奥运梦想要比我早二十年。渺小而卑琐的我,没法理解当年的华力。华力许多年前就看到了2008年,就看到了鸟巢和水立方,看到了隆重的开幕式。我懵懵懂懂中现在才开始认识华力。我懊悔无比。

后来,华力照常来我办公室。每每来坐,他都会带来一些同学的信息。他说,我回了一趟玛依塔克,见了大蒋、新民、谢永革、徐晨。华力说大蒋现在在热电厂,好呢,当书记。新民现在上海,有两处房产,在闵行区,知道么,闵行区的房价是三四万一平方米。生意做得不错。还有谢永革也厉害,带队伍去非洲安哥拉承包了一个大工程,要干好几年呢,徐晨在二中当校长,带出了一批高材生……还有贺四眼,在深圳听说有别墅和高级越野。我聆听着华力充溢着人情色彩的表述，再一次惊讶了。不知他是怎么琢磨的，会知道这么多同学的私密细节。后来，他又说出另一类信息，他说，唉，江平、世和、小斧头都走了，还很年轻啊，好像马屯也不好，借了不少同学的钱……也失踪了。

华力就这样爱意浓浓又滔滔不绝，反复怀旧，喋喋不休。他思同学，爱同学，打听同学，于是就知晓同学的一切，方位、爱好、变故、追求甚至家庭琐事和联络方式。他不辞劳苦，不怕麻烦，甚至到了神经质的痴迷。他就是一本同学辞典。几年后，我才悟出了其中的点滴温暖。我沮丧着，知道华力比我光明，也知道了华力内心深处的高大与圣洁。

华力坐着，喝我给他沏的茶，结巴着说：顺路来……看看。其实他是想看看我。专程来看看。看同学，顺便告诉我同学的一切。

实际上华力到我办公室坐坐真是顺路的，他每月都要在我隔壁的大楼里编校他主办的一份政论性杂志。那是一份专业性很强的杂志。华力尽心尽力地看稿、组稿、修改、编辑。那个编辑部居然就只有他一人。画板样、设计、编排、跑印刷、校对，也均只有他一人。其他人都是挂名的。他说，一个人好，自由，专注，不会出错。

因为常来，华力与我的一位同事也熟识了，有时我不在，他就坐在同事办公室，说一些趣闻轶事，虽然表达的有些坎坷，但总会让同事欣悦。

忽然有一日，我想起华力，感觉有一段时间没见他了，奇怪，就问同事，同事表情怪怪的，憋了一阵才说：华力两个月前来过一次，身体明显消瘦，说话缺乏底气。同事说，华力不让告诉你，说最近要去首府医院检查一下，就再没有音讯了。

同事属于认真木讷之人，他居然真的没有给我说。

于是就打电话，华力关机了。连续几天，我抽空就打，华力一直关机。我慌乱了，有种不祥的预感。

询问中终于有了他的消息，在医院。我于是火急火燎地去看他。他竟然就在急诊大厅的病床上，说是准备转往首府医院。

华力已经蜕变成了另外一个人，皮肤灰黑，眼窝深陷，消瘦，羸弱……我差点没认出来。

华力老远就认出了我，目光烁烁，闪着光……他硬撑着要坐起来，我摁住了。我感到了他的手的温热。

华力说：不想让你知道，你还是来了……你，太忙，太忙……说着，他的眼眶里就集满了泪水。

我沉默着，一句话也说不出来。

华力说，时间不多了……你以后也要少喝酒，少喝。华力说话时，灰黑的脸上，牙齿白白净净的，整齐而明亮。

我眼睛模糊着，表情呆滞。

我说，你想见哪些同学。我去通知。我知晓他的心思，他是最珍惜同学情意的人。他需要同学。

他口若悬河地说了起来。他说，本不想告诉同学，但现在却很想见见……那一刻，我忽然发现了华力晶莹剔透的内心，犹如他白皙熠亮的牙齿，耀眼夺目。他开始说同学轶事，风趣，丰富，居然又找回了少年的感觉。好多事，我都记不清了，他却时间、地点、细节清清楚楚。陈年旧事居然积压在他心头许多年，他痛快淋漓地倾倒着，宛若演讲。他说，只有你知道，我记得同学的一切。他说着一九七〇年的往事，他说到了挖防空洞、"一打三反"运动、抢军帽、抓彭正刚老师等细节。他让我恍如又回到了四十多年前。历历在目，深刻而逼真。

回到家,许久都沉浸在医院的氛围之中。那是一种伤感、无奈又柔软的苦涩氛围。那氛围让我茶饭不思,心情懊丧。人生绵长,人生浩渺,人生孱弱,人生悲戚。

我告诉了同学正道、郑君、大龚以及深圳的贺四眼和沈阳的钱香。他们都是华力想见的人。他们都是一九九二年同学聚会时,帮助华力的辛劳操办人。正道从医院出来,特意绕道来我办公室聊了一阵,正道的表情严肃而忧戚。正道曾经是那样的霸道与蛮横,但看完华力,正道变得温和而淳厚。

两周后,华力在首府医院去世了。消息是郑君告诉我的。那天我在哈尔滨刺骨的寒风中,龟缩着自己的脖颈,裹着大衣还瑟瑟发抖。回到酒店很久,我依然觉得浑身彻骨透寒。

我翻找出那本《奥林匹克之最》,书已经显得黄旧,印刷也很粗糙。全书一共排列了四百零二个词条。每个词条都是一段简洁完美的奥运记述。它像一部清晰可鉴的教科书,在我骨髓深处游丝状地慢慢蠕动着,一点一点地啃噬着我的灵魂,叩问着我卑琐的记忆。它让我模模糊糊勾勒出了华力的旷远和缜密。

凄婉中，一抹玫红

那年刚刚拨乱反正，每个人眼前都一片清亮。我年轻气盛，浑身有使不完的劲。拿着十五公分宽的大板刷，我脚踩梯架往大食堂外墙上写标语，围观者很多。我是直接蘸油漆往砖墙上写的，那需要真功夫。那年我十九岁。

没想到，十九岁就被安排去"五七干校"学习，有些懵。在我大脑记忆深处，"五七干校"是问题干部改造的地方，那些人大都戴深度眼镜，脸上布满愁云，走路也畏首畏尾。到干校后才发现，情况有所不同，我们这一期理论干部班，青年居多，任务是吃透上面的新精神。

干校距市区数十里，荒郊野外，人烟稀少，校园没有围墙，只有几幢教职工宿舍，一个礼堂兼食堂，一眼就能扫完全貌。往远看，周边似有一些小块菜地，林带稀疏，杂草丛生，但也还青葱繁茂，再远就是苍灰的大戈壁了。我想，四周倒是清逸的好去处。同期还有一个科技班，因刚开过全国科学大会，但学员总共也不到百人，清冷而寂寥。

有阅览室、篮球场，可读书，可打球，课余也算充实。阅览室半天开放，晚上有人值班。我很兴奋，钻进书海就忘记时间，几次都是值守老师提醒我去食堂吃饭。我惊讶一个不起眼的学校居然有那么多藏书。我读书的嗜好就是那时被勾引出来的。《十字军》《小赖子》《我的童年》等等。萨士比亚全集第一次看到，是那种淡蓝色书皮，十多本,全部繁体字竖排。我边借边读,基本通读了一遍,还抄写了《麦克佩斯》和《威尼斯商人》,我崇拜萨士比亚有些五体投地。

宿舍门口的篮球场上,时常有人打篮球、排球或羽毛球。我也在学习间隙,挤进人群积极争抢,跑跑跳跳。学员们很快混熟了。

一次,我和泰寿在打羽毛球,来了一个穿玫红色衣服的小姑娘,要与我们一块打球。我们当然愿意。其实我们知道她。她是干校的员工(后来知道是接受再教育知青)。那时干校女孩少,只有四五个,我们当然知道她。

她顶多十六七岁,头上扎着两个刷把,有活力四溅阳光四射的风韵。她大约在校总务办,平常总见她疯疯癫癫跑这跑那忙里忙外,身影似无处不在。泰寿说,满学校就这个"玫红"窜来窜去。泰寿说完,我就知道他说的是谁了。泰寿还说,你发现没有,她有一个小秘密。泰寿就像多事的快嘴女人。我观察了一阵,并没有发现异常。我发现,她伶俐大方,眼睛黑亮而纯净。

没想到"玫红"自己窜到我们中间来了。

没有球网,我们打得随心所欲。羽毛球在空中翱翔着,如一只欢快的小鸟。那时,拨乱反正了,天空湛蓝了,碧透碧透的,悠远,恬淡,郁闷也消解了,心情也通畅了,对未来有无限的憧憬和遥望。我年轻,与谁打球都用力抽杀,总会把对方逼到球场外,逼得没有退路。"玫红"也很快被我逼到了死角。

我发现了她的秘密。她其实所有动作都只用单手操作。她左手握球拍,左手拾球,左手抽杀,闪转腾挪,敏捷熟练,让我惊讶与钦佩。她的右手就永远塞在上衣衣兜里。

泰寿胆大,说:哎,小琴——这时我们已经知道了她的名字——

你把右手拿出来嘛,多不方便。

小琴并不理会泰寿,莞尔一笑,然后继续欢快地打球,一对小刷把意趣盎然地跳动着。

一次,打完球,彩云被阳光染上了美丽的金边。傍晚的戈壁一片殷红。老姜提议,这么好看的晚霞,怎么不去散步呢。老姜一口山东腔,说话像唱歌。

于是我、泰寿、老姜就与小琴一起散步了。我们沿戈壁公路向东走,边走边聊。我们聊当时的热门话题——小说。卢新华的《伤痕》,陈国凯的《我应该怎么办》,王蒙的《书记、队长、野猫和半根筷子的故事》。我、泰寿、老姜因喜爱文学常常凑到一块。那时喜爱小说的人很多,大家都疯狂地看。小说是当时国人业余生活的依赖,它让苏醒了的华夏大地痴迷又理性。

小琴毕竟小,不如我们读书多,但她知道谢惠敏和宋宝琦。那是刘心武炮制的两个人物。大家兴致就更浓了。不知道谁提到了孔捷生的《在小河那边》,说结局太惨,让人无法理喻。小琴问,什么悲惨结局?小琴没看过。

我们被问住了。

泰寿善变,反应快捷,就呵护小孩一样说:小琴,你还小,你不懂……亲兄妹,亲兄妹当然不能发生那样的事啦,那是编的故事。

小琴倏地脸红了,似乎明白了个中的隐秘。

后来,我们就走到一片菜地,青红的西红柿生长茂盛,我们穿行着,竟然无意采摘一个。说着,天空忽然就下起了雨,还刮了一阵风,冷飕飕的。我们躲进一个废弃的土坯房,那房间没有门框窗框,但有芦苇把搭的屋顶,可以遮风避雨。

雨越下越大,我发现小琴浑身开始哆嗦,就脱下灰涤卡外衣递给她。那时我几乎全是草绿军装,仅有一件灰涤卡。那也是我最高档次的衣服。小琴不接。泰寿就油腔滑调地作怪相,说,你赵哥的衣服是火炉啊,不穿白不穿。说完就拿过去给小琴披上。小琴没有再坚持,眼睛看着门外说,那就谢谢赵哥了。我不好意思,脸火辣辣的。小琴用左手轻轻裹了裹衣服。小琴用左手操作娴熟而耐看。

此后,我们常常一起散步。那时没有电视,晚上偶尔会放一场电影。我们散步谈文学有滋有味。

四个月时光很短暂,离开时,小琴为我们送行,她右手塞兜,左手熟练地帮我们提网兜和洗漱用具,有些依依不舍。我们都急不可耐地赶车,谁也没有在意她。回单位,我写出了散文《花,盛开在戈壁》,泰寿写出了小说《修井工的爱情》,我的稿费是十二元,同事很羡慕。那时辛苦一个月,工资才四十多块。

光阴荏苒。再次见到小琴已是整整十九年之后。

在准噶尔大街彩扩中心洗照片时,我一眼认出了她。我有些惊讶,但怎么也想不起她的名字。只好笑笑说,你好!她也认出了我,附和着勉强笑笑,表情略显漠然。

我热情不减地说:巧了,能在这里碰上你。她应付说:我就在这里工作。

她对我有排斥,我想。也许是多年失去联系的结果。不过,我也为自己不知道这个彩扩中心而羞愧。我慵懒,平时不怎么上街,有时被妻子拽着勉强到街上逛逛,每次逛,都觉得那些花花绿绿的店铺是新开的,妻子挖苦我说:早开张好几年了。

彩扩中心也开张几年了,是一个以残疾人为支柱的企业。那几年,彩色摄影一夜风靡全国,满街都是卖富士或柯达胶卷的。彩扩中心是戈壁小城的第一家彩扩店,但我却不知道小琴——终于想起了名字——也在这里。

潜意识里,似乎被猛击一掌,我忽然联想到了她的右手。右手?右手!五七干校时,小琴的右手时刻揣在上衣衣兜里——难道她是残疾人?我的头嗡嗡一阵怪叫,浑身迅速冒出冷汗。

盯着小琴,我蓦地觉得,这十九年,她肯定经历过跌宕起伏和世态炎凉,也肯定有过迷惘、疲惫和挣扎,不然,她不会这样漠然。时间消损人的能力极强,它会让一个欢快的生灵,变得苍老、凄冷、陌生。我想,我们曾经那样无话不说并且在晚风拂动的戈壁大道上侃侃而谈。可十九年之后,我们隔阂了,疏远了,忘却了。十九年,我奔波辗转更换过三个单位,结婚生子好不容易搬进市区,住房先后换过四次,有卑微和失望,也有熠亮和欢悦,但还是储下一肚子苦水。小琴肯定蛰伏了更多忧戚与悲哀。

仔细观察,感觉小琴虽已步入中年,但眼睛依旧黑亮,身材依旧楚楚动人,只是心态似乎老了许多。

为缓和气氛我讨好说:多年不见,你一点没变。

小琴说:变老太婆了,再也找不回从前了。她说着,表情凄楚、苍凉。我不敢再深究。

沉默了一会,小琴似调整了心态,才平心静气地说:现在泰寿和老姜在干什么呢?很久没见了,好像一个世纪一样漫长。

我说,可不,都快二十年了。

小琴回忆说，当年我真傻，坐车到你们单位去看《刘三姐》电影，还找过你，说你在放幻灯呢，就没继续找。说着，她似恢复了先前欢快的影子。

我打了一个寒噤，触电一般。我想，小琴那时把我当知己才去找的。我十分内疚。

此后，路过彩扩中心我总要看看，仿佛带着歉疚，带着需要弥补的低俗指向。我陆续知道了小琴这十九年的磨难与坎坷。悲泣，残破，漫漶。果然，小琴曾无数次哭泣过，厌倦过，问苍天，问旷野，也叩问过自己的内心，然而，小琴得到的只是黯然怅惘，木讷和几近崩溃。只有经历过极度悲哀和萎靡的人才会冷漠。那冷漠带着迟疑和嘘叹，更透逸着疼痛、隐忍与折戟沉沙。我曾经见过一些遭受打击的人，因过不了那道坎，而一蹶不振。小琴历练了人生的一道道坎，却依然角立着。

当年，小琴没能留到五七干校——因为右手。她哀怨了很久。其实干校三年，她什么都做，而且做得极好。但劳资部门态度强硬，决不妥协。小琴终究没有被接纳，只得含泪走进残疾人小企业——福利工厂。那是一个做劳保工服的小厂。小琴忍痛与那些灰棉花、碎旧布料，与那些散乱、裁剪、酸汗为伍，一干就是多个春秋。小琴说，我咬牙挺住了。

后来小琴就选择了承包彩扩中心。

但是，一次更为惊心动魄的打击，使她崩溃了……

那是一个寒冷的冬季。滴水成冰，生命凝滞，穹隆混沌而迷茫。

——一场大火焚烧了那个冬季。

那是一场突如其来的大火，它吞噬了三百多个天真可爱的孩子啊——那也是一场令戈壁小城人不愿再回首的惨痛记忆——那个悲泣、哭嚎、干涸、萎靡、惊恐、万念俱灰的冬季。那个冬季,小城人的眼泪哭干了。

小琴的眼泪也哭干了。

在那场著名的影剧院失火中,小琴的儿子丧生了……小琴的儿子刚满九岁。

磨难让小琴很久都无法自拔……。

生活依旧,你没法躲藏,也不能躲藏。三年后,小琴生下了第二个孩子,那又是一个健康可爱的儿子。小琴边上班,边带孩子。沉重忧戚的负担下,她潜入濒临倒闭的彩扩中心深部,用强悍与淡定,用奔逸与坚硬,酣畅淋漓地遨游着,似有猛厉峭拔之意味,更有妍丽秀雅之灵韵。犀利,疲惫,秉持。琐碎,挑战,澄明。清辉浴过,小琴眼前一片洞天。

知晓了这些,我胸中堵闷得难受,更有一种惴惴不安。

当年,小琴把我当知己,我却将她抛在了脑后。离开五七干校,我就再也没有联系过小琴,甚至没有一丁点留恋。我忽然觉得我太冰冷,太卑琐,太阴郁。负疚和自责使我凄迷了很久。

小琴终于复活了当年的伶俐与活泼。她进设备,招聘人员,培训员工,机敏而睿智,干练而豁达,业绩斐然。经历过生死与残破,咀嚼过号啕与幽冥,小琴的境界宽阔而高华,仪态婉丽而华缛。

我不得不对小琴刮目相看。一日,偶尔与妻子走到彩扩中心,竟发现小琴穿了一件玫红色上衣, 与员工们一起在紧张地做相框,粘KT板,悬挂照片,弄得满头大汗——原来她在筹备一个大型影展。

小琴得知妻子想买旁边品牌店里的服装,就颠簸着跑去告诉熟识的店主，说要打五折啊。妻子不好意思，连说不用。妻子后来说，原以为小琴是那种精于算计的生意人，没想到一点没有铜臭味。妻子是心直口快的人。妻还说，小琴人长得漂亮，心地善良，女人味浓，我喜欢。

小琴边做相框边说，过一阵不忙了，把泰寿和老姜找来一起坐坐。我想，小琴这个主意不错。

可是，恶魔再一次向小琴下了黑手。

小琴晕厥着被送到了医院。而后，就不断转院，从市医院到省医学院再到北京的著名医院。转院就意味着无能为力，意味着在漆黑中寻求或者放弃。

坐在淅淅沥沥的阴雨天里，我目光呆滞，思绪纷乱。云翳低压，天空冷凄而逼仄。一连数天阴霾不散的日子，让整个世界变得凄冷和沮丧。

我不断打小琴的手机，但始终没人接听。

一天，终于通了，是小琴的丈夫。他说，医院正在给小琴化疗，治疗方案比较细致。小琴丈夫的声音低沉而沙哑，他说，堵车，在公交车上。

稍稍安慰了些，但我毕竟知道这是一种罪恶深重的病。上世纪八十年代初看日本电视剧《血疑》时，首次知道了白血病叫血癌，我惊愕了很久。小琴得的就是这种病，我悲悯，迷惘，无助。

在喧闹繁缛的北京一间简陋出租屋里，又见到了小琴。她戴着口罩、帽子，头上已没有了头发，身体变得异常清瘦。小琴脱变成了另一个人。但小琴口罩上方的眼睛依旧黑亮而灵动。

北京朋友大渭说，小琴坚韧，大剂量化疗，穿刺，骨髓配型移植，她都像一块钢铁。大渭说着，眼眶里也挂有一些暗翳。

小琴笑着，样子依旧意趣盎然，仿佛不曾有过疼痛，也不曾有过悲泣。那些潜藏在她内心深处的惶恐，哀怨，绝望，仿佛早已逃遁。我知道，我永远也无法企及那个只有小琴才能抵达的高华境界。那是一个深邃无比又大彻大悟的精绝境界。那里有苦涩，有沦陷，有满目疮痍，也有骄阳似火，更有欢快的吟唱和莞尔一笑。

我注意到一个细节，小琴右手戴了一只漂亮的小手套，那是一只比普通手套小许多的玫红色手套。那手套隐匿着小琴多年的秘密。

走路：嫣红的帽子

金梅去了东部大城市。金梅仍然算古尔班通古特沙漠边缘小城的一员。浩浩中国，像金梅这样在异地工作，依旧拿原单位工资的人应该不多。金梅很幸运，她感激单位，也感激好友。金梅说，我让你看看我是什么心。金梅说这话时，眼睛满盈晶莹的液体，柔曼，幽婉，妩媚。金梅是那种白净耐看的女人。仔细看她，你会觉得她的细节比大效果更美。

妻子是金梅的闺中好友。金梅到大城市后，常给妻子打电话。她们总有一些细碎的话题。趁有人回大漠小城，金梅就会捎东西过来——两只烤鸭。现在交通发达，飞机在空中穿云破雾，跑几千公里，也就是吃一顿晚宴的时间。如果包装袋严实，那烤鸭到小城时，还有温热，开包就能品尝。有一次，妻子过生日，几个女友一起吃火锅，忽然收到一大捧鲜花，一看，是金梅送的，很惊奇，顿时热泪盈眶，打开手机就与金梅通话，一说就是四十多分钟。金梅不打招呼，常常会在数千里之外送来意外和欢喜。

妻子与金梅在一个办公室面对面坐过五年。她们了解对方如了解自己的手掌。她们说起话来口无遮拦。是用那种女人的方式说话。她们都属于泼辣型，干脆利落，心直口快，尤其有一个共同毛病，就是经常忘记带钥匙。一次两人同时发生此故障，都嬉笑着打电话让老公快速拿钥匙回家。老公屁颠屁颠来送钥匙,正想发泄一肚子郁闷时,却看到另一位的老公也大汗淋漓地来送钥匙,只好无奈而自嘲地笑笑,释然了。

工作间隙她们谈家庭琐事,话题绕来绕去总是在女儿、儿子或老公身上。情绪渐入佳境,话语总会摇曳出一些新鲜的意味,很温婉,很柔情,反刍着她们对家庭的隽永之爱。那都是些关于什么方法健身,什么方法做饭,什么方法使菜肴味道鲜美之类。妻子从金梅那学回一种身体排毒早餐,叫奶糊——将葵花籽、黑芝麻、南瓜子、杏仁粉等一并混合搅拌在奶酪里,每天早晨吃一碗,味道很不错,还能清除毒素,保持体内清洁。妻子坚持了好一阵,我却吃烦了,说,没看出有多少功效,乞求换花样。妻子也失去了兴致,遂恢复了油条、稀饭之类的传统。她们摇曳出的另一种方法就是练瑜伽,那当然只对女性,说是既保持身体机能的健康,还能化解工作压力,让身体舒展,精神和肉体明澈。

金梅丈夫先于金梅到的那个大城市。金梅就自己一个人带儿子,也没有了先前的悠闲和清逸。儿子蛋蛋是长身体长知识的关键时期,当下社会竞争很激烈,不培养不行。金梅给蛋蛋请家教,数学、英语与绘画一同进行,很有锅碗瓢盆交响曲的味道,搞得蛋蛋叫苦不迭,几次来求助妻子帮忙减负。蛋蛋叫妻子大妈。妻子也常把蛋蛋挂在嘴边。妻子说,蛋蛋太苦了,蛋蛋本来就是一个乖孩子,没有必要加那么多负担。妻子就去金梅家商议,商议的结果是忍痛割掉了蛋蛋的绘画。金梅说,绘画最能提高儿子的智力,将来还懂艺术,会高雅和绅士,唉,为了生存,只好放弃吧。

我多少明白一点美术绘画的事,看过金梅儿子画的素描,我认为，金梅儿子有绘画天赋。他画的石膏像和临摹徐悲鸿的素描人物，逼真，细腻，传神，尤其那幅老人体，隐含有大师的机智、淳朴和凄恻，有寓意隽永的意味，令我惊叹。金梅说，为了生存，只好让蛋蛋学好数理化和英格力士吧。金梅说着还做了一个挤眼的怪象。后来，金梅就对我妻子说，她丈夫让她一同去那个大城市。金梅有点犹豫，怕影响蛋蛋的学习。妻子说，大错特错，大城市教育质量高，老师经验丰富，学生见识广，思维活跃，成绩会很出色，蛋蛋还可以回新疆考学，一定会有好成绩。妻子还说，高考时，我给蛋蛋做饭。

金梅于是就带蛋蛋随丈夫去了东部大城市。

金梅留给妻子一张身份证。那是她的第一代身份证，黑白照片的。金梅年轻，曼丽，有一头漂亮的黑发，大大的眼睛，高挺的鼻梁，脸上堆满对生活的期待和憧憬。金梅的第一代身份证就一直攥在妻子手中，如攥着一块钻石，让妻子惴惴不安。

妻子的任务是定期到银行给金梅取工资，然后汇往那个大城市。妻子后来习惯了，就不再惴惴不安。有一次，为了单位扣除金梅的一些奖金，妻子还去找单位领导说情，说不应该扣，单位领导不高兴，指责了妻子，说，把你自己的事做好，不该管就别管。妻子回家后就没有好脸，说，你怎么把房子搞得脏兮兮的。我于是就撅着屁股擦地，一块板一块板地挨着擦，直到让地板反射出炫目的光泽。妻子笑了，说，我也是够傻的，金梅的奖金是领导说了算，我去掺和算什么道理。

妻子去过那城市两次。每次去金梅不是去火车站接，就是去机场接，如若接待老父老母一般。妻子不自在，朋友嘛，可不能这样兴师动众。金梅说，我最好的朋友来了，我要尽全力陪你看好，玩好。妻子眼泪潸然而下，就有点失控。妻子说，该怎么报答你呀！妻子于是就给我打电话，说，金梅对我太好了，是那种无私的好，想想我对她，就不是那样，没帮她要回奖金，还有私字一闪念，不够意思。妻子说着语气就有些哽咽。

我安慰妻子，你已经尽力了，要是我哪里敢去找领导啊。妻子似乎好受了些。

妻子去那个大城市当然不是出差，因为她已经内部退养了。她是花自己的钱去的。她去看女儿。女儿考上了那个城市的一所重点大学。妻子住在金梅家。金梅家与金梅丈夫单位的招待所在一起。金梅公私很分明，妻子能住她家，却不能住她的招待所。这是规矩，金梅说。妻子很舒心，觉得这样没有占公家便宜的意思，双方都好。金梅住处交通发达，妻子刚去两天就摸清了，有时出去就不回来吃午饭，金梅不断打手机，让回来吃，说，吃完再去。妻子说，太麻烦了，大城市出一趟门就是几个小时，哪有专门回去吃完饭再去办事的。金梅固执，非让妻子回来吃，妻子只好回来。金梅总是做新疆拉面、抓饭、揪片子、薄皮包子之类的家乡饭，很让妻子动情。

妻子回到了小城。妻子回小城后脑袋里蹦出一个大决定。妻子说想在那个大城市买房子，因为女儿有不回小城的意思。我惊了一跳。妻子说，虽然房价高，但金梅已经预定了一套，每平方四千多元，很划算，位置好，交通便利，两家还可以买到一块。我坚决反对。我说，眼下女儿没有毕业，留在哪里还没谱，再说我们从哪里借那么多钱。妻子说，可以向银行贷款，再使用咱们的住房公积金和存款，能凑个八九不离十。妻子说，金梅就这样做的。我说，金梅在那里工作，将来蛋蛋肯定留在那里，我们不同，我们辛苦挣了一辈子工资，到头只够在大城市买半个房子，就又变成了穷光蛋，住不住还不知道。妻子说，你目光短浅，将来有你后悔的一天。妻子虽不情愿，但还是听了我的劝。平时我听妻子多，重大的事，妻子还是听我的。

　　一日，妻子眼泪汪汪地回来独自坐在沙发上落泪，也不进厨房做饭，我愕然了。问出了啥事？妻子抽泣了一阵后才说，金梅得了大病，是恶性肿瘤，已经住院了，准备手术。

　　我脑袋一阵嗡嗡鸣响，如被抽打了一般。我知道癌症手术的效果，好了可以三年五年，不好说走就走。

　　妻子说，金梅比我小两岁，还不到四十二。

　　我胸口也堵得难受。前段时间我去那个大城市开会，金梅听说后，就与丈夫多次打电话让我过去，我说太远，不去了，会议安排很周到。金梅说，远什么，我们接你。说完金梅丈夫就来了，来回两个多小时，搞得我很过意不去。就说，太打搅了。金梅说，你那么远来了，我们不让打搅，那是什么朋友，朋友就是打搅出来的，越打搅才越亲呢！我连连点头。过去，金梅似乎没有表述过这种理论，我想大城市很锻炼人。

　　其实女儿受金梅的恩惠最多，每到休息日，金梅就会打电话给女儿，让去她那里住一晚。女儿的大学在北郊，金梅在西边，进一次城要两个多小时。金梅的不依不饶，让女儿温暖和温馨。金梅就像母亲一样照顾她，说学习压力大，来改善一下，散散心。

　　恶性肿瘤活动很猖獗，可金梅很坚强。妻子每次与她通话，她都反过来安慰妻子，说大城市医疗条件好，手术很成功。妻子悻悻的，通完话好一阵沉默，好像没有回过神来。妻子说，像金梅这样性格的人怎么会得这种病呢？金梅开朗，心直口快，为人热情——她不该得这种病。妻子一般不评价人，可妻子对金梅的评价很准。

妻子依旧给金梅打工资，妻子打工资时，会多看身份证几眼，她觉得金梅那么年轻，那么有朝气。回家后就把那身份证放进一个专门储卡的小盒里。平时因利用率低，妻子觉得带在身上麻烦，还怕丢失，就这样固定放着，成了习惯。每每到那个日子就会不自觉地想起金梅，就跑单位跑银行。单位的人有事也通过妻子转告金梅，仿佛成了一个约定。

莺啼燕啭的春天，我去那个城市出差，妻子说，我也去，要看看金梅。大城市里到处是新绿，春水盈盈，春木发枝，飞花点翠，街道上漂流着一股清香的气味。妻子说，金梅应该很好，你看这里到处是鲜花，到处是万木竞秀的样子，让人心旷神怡。妻子的话果然灵验。金梅看上去气色不错，经过一段时间的治疗，她已经回家休养了。她看上去瘦了一圈，眼睛比先前更大了些，只是那曾经的一头黑发没了。金梅带了一个线织的帽子，嫣红的，散发着诱眼的红光。妻子泪眼模糊地看她，有些说不出话来。金梅说，我有一批病友，天天在一起活动，有人已经活了十几年，和正常人一样。我现在除了与病友一起健身，就是坚持走路。说着，金梅就拉妻子去小区道路走了一圈，回来时，妻子买了一双旅游鞋，说这几天陪金梅走路。

当天晚上她们就开始围着小区绕圈了，一圈一圈地走，整整走了十二圈。我和金梅丈夫看着头晕。妻子追不上金梅的脚步，金梅很有耐力，走完到楼下，金梅要求妻子不坐电梯，跟她踏楼梯台阶步行上十五楼。妻子终于体力不支，就坐在楼梯上大口喘息。妻子说，累死我了，不走了。金梅也不理会妻子，就一口气爬到了十五楼。妻子折服了，说，金梅真有耐力，比我强百倍。

第二天妻子一直喊腿痛、腰痛，浑身不自在。金梅说，几天后你就适应了，锻炼身体一定要有毅力和恒心。我就吃了这个亏，我是过来人，你一定要坚持锻炼，有了好身体，才有一切。金梅给妻子说，又像是给自己说。

金梅一点不像病人，如若不说她三个月做一次化疗，就跟正常人一样。回房间后，金梅摘掉口罩和帽子，很随意地亮着光头，并不在意我们看到。金梅说太难看了，刚开始掉头发时，我哭了好多次，现在不怕了，省去到美容院整头，挺好。

妻子与金梅每晚都围着小区道路走，妻子走得很卖力，三天后不再喊腿痛。我开会间歇来小区，和金梅丈夫躺在草坪上聊天。女人们让我们走，我们就找理由推脱。金梅丈夫说，男人有男人的事，女人就别插手了。我们继续聊天。金梅丈夫先是说房子，说他们买的房子快要完工了，每平方已经涨到了九千多元，我听着就有些愕然。真的是看不清中国房市怪异的面孔。金梅丈夫伤感地说，金梅辛苦买下这套房子，还不知道能不能住上。我就安慰金梅丈夫说，没有问题，看金梅现在这个样子，哪里像病人。

妻子与金梅每走到我们跟前就问，还有几圈。我就对金梅丈夫说，金梅真有韧劲。金梅丈夫说，病后我和儿子蛋蛋才感到了她的重要，好像看到了许多闪光点，看到了生命的可贵……我要马上装修房子，让金梅早日住上。

回到古尔班通古特沙漠边缘小城，我们依旧过着悠闲、清逸的生活。大都市的嘈杂、繁缛、竞争与我们无关。

我和妻子开始走路了。我们婉言谢绝了许多应酬与吃喝聚会。我们穿上有白色条纹的运动服和旅游鞋，每晚沿着城北的人行道一路步行八公里——这是一个吉祥而适中的数字。当我们真的走上这条通往欢悦、清新、湿润、健康的道路时，才发现，我们心情通畅了，鼻炎消失了，腿脚利索了，赘肉隐匿了。我们还发现许多人也走在这条路上。跑步，行走，练拳脚。他们黑压压的一片。每每走着，妻子都情绪激昂地说，我们早该这样。

妻子比我坚持得好，我会经常碰到一些杂七杂八的应酬，我越来越显得吃力。妻子放慢脚步鼓励我，我忽然有一种翠色迷人的感觉。我们养成了一种新习惯，如若有两天没有走路，就会不自在，就像丢了魂。

一天，路途中，我们看着金灿灿的夕阳，说着那朵被镶了金边的彩云很像一只展翅的金凤凰时，妻的手机响了，是金梅丈夫的电话。妻子用手捂住手机，神色有些慌乱地说，金梅丈夫。

金梅丈夫的声音很低沉，还有些沙哑，他说，金梅……可能不行了……抢救了几次……金梅丈夫说，金梅想见见你。

妻子蓦地停住脚步，双腿瘫软地坐在路边台阶上，浑身没有了力气。许久，妻子说，去，一会儿就去订机票。

在那个叫协和的医院里，我们看到了在呼吸机面罩里挣扎的金梅。金梅面色苍白，异常消瘦，脸庞似又小了一圈，满脸只剩下两只大眼睛。

金梅不能说话，但意识很清晰。

看见我们,金梅眼泪就溢了出来,两行泪水在透明的面罩里十分耀眼,如两道晶莹剔透的小河。金梅用力呼吸着,轻轻地点着头,插有针管的双手还摇摆着。妻子和我都明白金梅的意思。她是说,我努力着,我要与病魔抗争。妻子说不出一句话,只是不住地擦泪。

返回小城的第七天,金梅就走了,带着她人生的遗憾,带着他的抗争走了。

我和妻子脑海里还深深印着金梅走路的样子,兢兢业业,坚定,硬朗,步履轻捷。她一步一步地走着,嫣红的帽子在夜灯下反射着熠亮的光,如一盏嫣红色的灯。

金梅的身份证依旧储留在妻子手中。那是她的第一代身份证,使用年限还没有过期。身份证上的金梅年轻,曼丽,有一头漂亮的黑发,有一双迷人的大眼睛和高挺的鼻梁,脸上洋溢着对未来的渴望。

我们踏上了走路的征程。我们走路不仅仅是为了我们自己。

潜藏在收存的旧书中

《古代诗歌选》:隐逸的一腔热血

封面已经破烂不堪了，那是岁月之手摩挲的结果。它是少年儿童出版社一九六二年六月出版的，两次印刷，印数达九万多册，定价仅四角六分。它是一本跟随我四十多年的老书，也是我最隐秘的私藏。早先，我曾有过在书包里偷偷翻阅它的历险。那时，古诗文已变成"四旧"，如若被发现，就会遭到没收或焚烧的厄运。能够把它保存下来，是我的幸运和造化。

这是一本《古代诗歌选》(第四册)，收入的是明清两代诗歌精选。从书柜深处翻出它时，蓦然看见那久违的封面与装帧，头皮竟有麻酥酥的兴奋。我恍然大悟，原来，我肚腹里对明清诗歌的垂青，就来源于此。对古代诗歌，一些附庸风雅的人，常常会在各种场合背诵几首唐诗或宋词，以炫耀他们的渊博与儒雅。甚至，我还曾多次见过小孩把李白、杜甫的句子倒背如流。在酒桌上，男女诗人背诗赌酒，你上一句，我下一句，一唱一吟，左腾右跃，那氛围，那气势，可谓精绝到位。唐宋名家的诗句，我都熟悉，但我背不下来，可明清那些别人不甚了解的诗行，我却背得滚瓜烂熟。

这本书没有主编，没有说明，只有一个前言，竟长达十五页纸。

这前言堪称完美无缺,涉及内容全面,庞杂,又脉络清晰,厚实。从诗歌起源说起,民歌、文人诗,一直到唐诗宋词,明清诗歌,可谓滴水不漏。我分析,这前言是经高人修剪锤炼而写成的,文字干净,语言凝练,简洁,虽缺少激越与自由,但确实找不出毛病。当然,这是按照那个年代的思维模式来考量它,如若用当下的标准衡量,就有些过于中规中矩并"左"的色彩浓郁了。其实,早先我并没有在意这个前言,那时我还没有成熟。那时,我读书还不会先前言后文字,不像现在,拿到书,一准会先翻序或后记,似乎想从中发掘更有价值的东西。其实,这也是一种糊涂的思路。真正的好书还是要细嚼正文。在我也成为一个文字涂鸦者之后,我才发现,这本书的前言对我的成熟与成长,有过潜移默化的启迪与教化。

这本《古代诗歌选》共收入明清诗人的诗歌五十三首,还配有四幅精美的彩色中国画,装帧新颖,朴茂古雅。打头的人叫邵亨贞,收尾的人是鉴湖女侠秋瑾。细算一下,这些诗歌竟横跨了十四至十九世纪六百多年时间,可谓漫漫逶迤,沙海淘金,风雨飘摇中凸显的也仅仅是浩渺诗海里的一朵浪花。不过,这五十三首诗,多多少少还是弹射出了出版者的心志和那个年代背景下的社会真实心态。曾经一度,人们只提唐诗、宋词和元曲,或只提明清小说,其实不然。在大明王朝推翻蒙古贵族统治之后,经济文化曾一度有过迅猛发展,戏曲、小说也步入全盛期,有文人"前七子"、"后七子",亦有一批模拟唐诗古风的文人绚烂登场,虽不勉带有矫揉造作和空泛之气,但也确实能挖掘出一些掷地有声的精美之作。

除了邵亨贞,明代有于谦、杨慎、谢榛、戚继光、汤显祖、张煌言、顾炎武、郑成功,清代有王士祯、洪昇、袁牧、蒋士铨、阮元、康有为、谭嗣同、梁启超、秋瑾等等。高启有两首诗选入，那是我自小就熟吟的诗句。小时候，我只会字面背吟，对深层的润泽之光却不知所云。后来长大了，才知道这位叫高启的吴淞江边青丘才子，被誉为"吴中四杰"之一，曾是翰林院国史编修，名操一时的《元史》编纂就有他的参与和功劳，后他升入户部侍郎，竟推辞不受，终被明太祖朱元璋诛杀。死时年仅三十八岁。他的《寻胡隐君》，朗朗上口，诗风豪迈，洒脱雄健，好记好读。"渡水复渡水，看花还看花。春风江上路，不觉到君家"。他的另一首《田舍夜舂》，读来虽不如前首顺气，爽利，却是学界推崇的好诗，风格清新，质感强烈。"新妇春粮独睡迟，叶寒茅屋雨来时。灯前每嘱儿休哭，明日行人要早炊"。寒冷的雨夜，漆黑一片，村妇独自在茅舍舂米，油灯闪着弱光，小孩不时啼哭，母亲不得不一次又一次哄劝。这是一首画面幽静，氛围冷寂，思想淳朴、清冽之作，它组构的是一幅劳动妇女勤劳、坚韧、含辛茹苦的时实画面。这个画面被画家胡若思用水墨淡彩勾勒、渲染出来，明晰，晴朗，我甚为喜欢。茅舍小院，绿树翠竹，在沥沥细雨中，隐约的古装少妇在灯下舂米，摇篮里有小孩在"闹人"，硕大的舂棒，咚咚震响，声音在静谧中飘向远方，有温静，有缠绵，还有一夕淡淡乡野生活的纠结。

陈子龙的《小车行》也烂熟于心多年。熟识它，还因为有钱松喦先生的画作。那幅钱松□作于南京的《陈子龙小车行诗意》，是一幅意味深长的彩墨画，让人过目不忘。陈子龙，明末文学家，曾做过兵科给事中，有爱国情操与民族气节。清兵入关，陈子龙力推防守要策，却不被当权者采纳，于是辞职回家，后南京失陷，陈子龙义愤填膺，揭竿而起，松江抗敌，败北后被捕，投河自尽。陈子龙是一个有民族气节和高远理想的文人，他的诗格调悲愤，深沉哀怨，苍凉率真，这正巧吻合了他壮志未酬的人生归迹。"小车班班黄尘晚,夫为推,妇为挽。出门何所之?青青者榆疗吾饥,愿得乐土共哺糜。风吹黄蒿,望见墙宇,中有主人当饲汝。叩门无人室无釜,踯躅空巷泪如雨。"这首描写明末流民生活的景图,仓皇,逼真,耐人寻味。在兵马慌乱中,遍地哀鸿,一对夫妇推着小车,载着行李,流浪荒野,以榆荚充饥,当看到远处屋舍时,亢奋激动,然而走进一看却是空屋,悲泣,失望,泪如雨下。动荡年代结集的总是怅惋和眼泪,得到的总是失望与忿满。黎民百姓需要安宁,需要安居乐业,需要基本的生存与生活,哪怕是最简陋的栖所,然而,这一丁点"乐土"都不能如意。钱松嵒先生用智慧之笔,勾勒出了那个时代的凄冷与温热——枯树,黄尘,蒿草;小车,推夫,挽妇;相互扶持,肝胆相照,共历磨难,虽只有一车杂物或破烂,但那却是一个完整的家,一个温暖的家。有踯躅,有惆怅,但还有幸运,有榆钱糊口,有空屋期待。钱松嵒的画就在这样的沉郁中鲜亮着,有了家的温舒与尘土的暖色,有了内倾和细腻,有了乡野的朴素与幽僻美。先前,我只见过钱松嵒老先生的山水画,大气磅礴,恢弘隽永,构图稳中求变,笔墨浑厚苍茫,时代气息浓厚。他的孤松,总是屹立在峭崖之上,傲寒,稳健,意境深邃;他的江南水乡,总是绿意荡漾,春意盎然,若隐若现中,似有香雾回绕着华美的人间。据说他把笔法"屋漏痕"发展到了极致,点点斑斑,积点成线,具有特殊之美。老先生一九七二年为中国驻联合国大厦创作的国画《长城》,就是一幅笔意雄劲的巨幅长卷,《红岩》也是令人称奇的惊艳之作。先生在《红岩》上还题有诗云:"风雨万云里,红岩一帜红。仰钦奋彤笔,挥洒曙光中。"老先生笔意与才情令人敬慕,但这幅《小车行》,却让我看到了钱松嵒的另一类风骨,管窥到他深藏笔端的细腻与大爱。

《古代诗歌选》还收有清代画家郑燮的两首诗，我也很喜欢。年少时曾钟情《渔家》，后来略知时事后反而对《潍县署中画竹呈年伯包大中丞括》兴趣浓厚。这叫爱屋及乌。因喜爱郑燮的墨竹，兰草，丑石，于是也就偏爱他的诗句。其实这是一种无知和浅薄。我明知故犯，似乎有无可救药的痴迷嫌疑。郑燮，号板桥，早年生活贫寒，三岁丧生母，十四岁丧继父，直到四十五岁才考中进士，五十岁做山东范县知县，可谓大器晚成，时来运转。但因小人做祟，富商告状被去职，遂蜗居扬州卖画为生，有"扬州八怪"之一的美称。郑燮这种小官小吏，在中国古代的浩瀚官场中，很不起眼，但他的水墨竹石却被广泛临摹和效仿，于是他的渺小官位就时常会被人弹吐着说事了。随着年龄增长与阅历增加，我感悟到郑燮是一位亲民的好官。当六十一岁的郑燮从潍县离职时，据传民众送行队伍排成长龙。郑燮哽咽着，泪流满面，伤感、惶惑、激越，心底一派苍凉。早几年，他在莱州云峰山所见的糊涂老人，其实就是对他命运之路的暗示，看似那"难得糊涂"是写那老人的，实则是对他自己生命轨迹的写照。糊涂与不糊涂，是一种理念，一种信仰，一种情操。郑燮不糊涂，所以他才对"难得糊涂"有深邃的思考和领悟。当下社会，"难得糊涂"似乎已经被人们大大的曲解了。一幅"难得糊涂"悬挂于正厅中堂，仿佛承载着看透世俗的深刻，实则可能仅仅是一个片面，一角冰山。

郑燮的《渔家》是一首描写渔民生活底层的诗。"卖得鲜鱼百二钱，籴粮炊饭放归船。拔来湿苇烧难着，晒在垂杨古岸边"。把打来的鲜鱼卖掉，买回一点米煮饭，拔一些芦苇晒干当柴烧，这是一个劳动者的日常生活，虽清贫简陋，但从容自在，其乐无穷。画家苏昧朔为郑燮的诗配了一幅意境优雅、恬静的水墨画。阳光下的渔翁，鹤发童颜，他正挽着衣袖在摆放芦苇，茂盛的杨柳枝下，湖水拍岸声与树叶的哗哗作响，相互呼应，凝析出一种田园般淳厚的乡情。而另一首《潍县署中画竹呈年伯包大中丞括》，就颇具深层的亲民意味。"衙斋卧听萧萧竹，疑是民间疾苦声。些小吾曹州县吏，一枝一叶总关情。"郑燮用他酷爱的竹叶、竹枝，笔造了一个苍莽奇谐的世界，那里云集着寓意深刻的思想和情愫，也凝练着翠竹的个性和气节。宣纸上的情感宣泄需要激情，也需要智慧，一画一诗，缘物寄情，有灵性，有感悟，有言外之意，有弦外之响。做官，哪怕是一个小小的芝麻官，也要切记民间疾苦与百姓冷暖。一枝一叶，浓墨淡彩，看似平淡，看似单调，却蕴含着沉重，潜藏着人格，隐逸着一腔热血。郑燮说，"胸中之竹，并不是眼中之竹……手中之竹，又不是胸中之竹也。"我想，郑燮的一枝一叶，不是现实中的一枝一叶，但又肯定藏匿着现实中潜移默化的人生力量。"一枝一叶总关情，"如一盏烛光，照亮了四野。

《国语辞典》:思绪在灿然绽放

这部老旧的《国语辞典》，我已珍藏了四十三年。准确讲书名应该叫《汉语词典(原名"国语辞典")》。一个很奇怪的书名。其实追根溯源，抚摸了它的历史流脉，就不足为怪了。核心，还是强调"原名'国语辞典'"，于是我简化它为"国语辞典"。就事论事，我对《汉语词典》并无不良歧义。

这是一部商务印书馆五十年前出版的旧书，布面硬皮，虽然装帧考究，但已经毛边瑟瑟，有锉刀的粗粝感。不过，还是透着敦厚、质朴和雅致。是繁体字的，显得十分黄旧，洋洋洒洒一千三百多页，似一大砖头块,但很轻。不知当年是否已有轻型纸用于实践,它的轻很让人怀疑。找不到版权页及出版时间,挺蹊跷。虽然跟我多年,但这一细节一直让我纳闷。我想大约有两种可能,一是在我得到它之前,版权页就残缺丢失了。二是可能根本就没有(可能性是有的)。"文革"前后曾有一些内部书籍,似乎也没有版权页。这是那个时代的纯朴与洁净。那是一个没有盗版盗印的时代,人们不必为"打假"而焦灼不安。那时,社会主义新中国正以昂扬向上的姿态挺立于世界东方,翻了身的劳苦大众当家做主了,他们为能吃饱穿暖而雀跃鼓呼。他们不需要呕心沥血地盗版盗印,他们视金钱为粪土。他们只有一个想法,就是甩开膀子大干。新中国的天是蓝蓝的天,蓝蓝的天上白云飘。人们的心境就像碧蓝碧蓝的天空一样。在那样一个全新时代,价值取向崇高而神圣,版权页实属多余。

但这的确是一本选购于新华书店的硬壳书。尾页衬纸上盖有"新华"的钤印,很文气——藏蓝色的印泥,拓印出一本摊开的书籍图案,秀雅,静婉,还有曲线柔美的树叶做底衬装饰。我想,那时的书店管理者还挺雅兴,居然制刻出如此有品位的公章。图章凸显的是那个时代新华书店人的艺术素养与人文情怀。我曾一度以为那个时代一切都被扭曲了,大跃进,大炼钢铁,阶级斗争,其实不然,那时也会有美艳偶尔显露峥嵘。

虽然找不到出版时间,但还是可以分辨出大体时间脉络。书中有一九五八年二月全国人大通过的《汉语拼音方案》,只占了两页纸,其他再无汉语拼音方面的内容,沿用的是老旧的注音字母、声母和韵母。扉页醒目呈现着简短的"重要声明"。声明说:"本书是《国语辞典》(一九四七年版)的节本,只留作为原书特点的北京话词汇和有翻检必要的古汉语材料,专备语文研究、教学上参考之用,并非收罗全面词汇可供一般应用的词典。因原编者现有任务繁重,对本书注释,除个别词条外,未能从事修订;现在通用的新词,也未及增入。谨此声明,希使用者注意!"我想,也许在当时的历史条件下,这本书只是想供语文研究与教学用的参考书,或者还有一些不宜明示人的原因,必须紧急出版。它的出版时间应该在一九五八年或一九五九年。

书中有一个"原序",作序人是黎绵熙。序尾落款是一九三六年十二月二十五日,地点北京,但下方又落了一行"一九四七年重版,复校于长沙。"书中再没有新序,也没有新版说明。这很有意思,一本出版于上世纪五十年代的新书,实际上是一本三十年代的旧版本,这完全可以给后人许多盘根错节的思绪与浮想。它跨越了两个朝代。在当时的历史背景下实属不易。改朝换代,本应一切从零开始,一切全新,一切涅槃重生,但商务印书馆并没有这样追风。这似乎又是对我们后来者思维定式的一种挑战,也是一种暗示。它说明写这个"原序"的人和这本书,在那个全新时代依然有不可替代的意味。那个时代,大跃进深入人心,人们思想活跃,激情飞扬,要赶英超美,要大干快上,要多快好省,但也需要文化做前提和支撑。那时,正在轰轰烈烈地开展扫盲运动。学知识,学文化,学毛泽东思想,必须学汉字,学国语文法。大跃进的本质就是要快,直接借用旧时代的一个版本也没有什么不好。

黎锦熙是何许人也?黎锦熙是影响颇大的著名语言学家,曾有语言大师美誉。黎锦熙与毛泽东是同代人,早年任湖南第四师范历史教员,与在该校读书的毛泽东、蔡和森过从甚密。后任北京教育部编审处编审员,提倡白话文,推行注音字母,发起成立国语研究会,是

"国语运动"初创者和重要领导人之一。曾在北京高等师范学校、北京女子师大、北京大学、燕京大学、西北联合大学等学校任教。一九二四年出版的《新著国语文法》，归纳了白话文与国语的法则，第一次系统地揭示了白话文内在的语言规律，首创国语文法及音韵学、修辞学等等，是"五四新文化运动的鸣钟人之一"，该书在二三十年代曾被大中小学广泛教学采用。黎锦熙还有《国语运动史纲》、《汉字新部首》等著作。有资料称，黎锦熙主编的《国语辞典》，是最大的白话词典。这就是一九三七年版的《国语辞典》。著名学者郭绍虞说：黎锦熙"先生的学问，说得狭一些，是语法专家；说得广一些，是国语学专家。声韵、训诂以及语法修辞，文字改革等，无不在钻研范围之中"。黎锦熙一生成就卓著，贡献斐然。毛泽东、周恩来对他都有过适中评价。我得到此书时，黎锦熙老先生依然健在。

　　每每读黎锦熙的"原序"，我恍惚都在聆听一堂精辟绝伦又沁人肺腑的汉语言课。钻木取火，语言产生；狩猎耕种，对话生存；造字交流，人类演进。短短数行，那久远与渊源就跃然纸上，使人刻骨铭记又幡然醒悟。黎锦熙先生在简短的篇幅里，阐述了语言文字的指事、象形、会意、假借、转注、形声的渐进过程，一目了然，句句深邃，宛若一张明晰的运行大表。在分析"形"的第四阶段时，黎锦熙说："文化是随时代而演进的，演进者，不但有'质'的进化，也须有'量'的扩展，文化扩展，及于民众，则文字工具自有通俗的需要，故简体字与别字等乃大流行于广漠的民间"。文字的形成与缔造是一个漫长繁缛又阆中肆外的过程，它是诡奇、灵动、超绝、睿智的先民们的集体结晶，黎锦熙用"演进"、"扩展"、"广漠"与"民间"，概括出了文字递进的本质，也让人们触摸到了隐藏在演进背后的澄明与艰涩。

早先这本《国语辞典》，曾由"国语辞典"改为"国音普通辞典"，一九二九年就确定由商务印书馆"定约合作"出书，一九三三年正式订了契约。由于日军侵华、民国政府经费紧缺等原因，一拖再拖，直到即将付梓时，赵元任先生又提议改名。黎锦熙说："于是汪一庵先生和我商量，决定恢复旧名，叫'国语辞典'，简单明了，其来有自。"读原序，通篇能感受到黎锦熙先生认真、严谨、务实、谦逊的风格与为人，使我为之动容又钦慕。比较今天我们相当一批研究人员，浮躁，粗浅，自大，缺乏执著、忍耐和淡定。黎锦熙说，"我虽董全处之成，而对此书则贡献少"。我以为，这是当今所有文字编纂者（包括我自己）所要修炼和摹学的心态。

　　《国语辞典》毕竟是一部老旧辞书，它的功能作用已经被后来的《现代汉语词典》、《辞海》所替代和涵盖。时代变迁发展了，辞书编修、编纂也应随时代的变化而演进，但这部《国语辞典》留给后人的，不仅仅是那个时代的风韵与烙印，也不仅仅是那个时代文人墨客的须眉和傲骨，它还隐含着编纂者的学识、功力、品格和修养，也烛照着编纂者心性的清逸与高华。如今，我常常会不由自主地用它查字、找词，不经意中弹跳出一抹魂奇，迷离中有如渐行渐近的思绪在灿然绽放。五十年前的油墨馨香，时常会扑面而来，缥缈，清逸，老旧，犹如陈年老窖一般。

在偏处一隅揣摩他们

陈建功

　　渤海的隆冬异常温柔。我与他站在一艘渡轮上。那是一九八九年冬天。摇床一样的夹板,冷风吹拂,飘来阵阵海的腥味和潮润。他留着小平头,穿浅褐色羽绒服,像一名基层政工干部。那时他已名声大噪。新时期文学热闹的小说林里有他凸显的位置。《流水弯弯》、《丹凤眼》、《飘逝的花头巾》、《辘轳把胡同九号》、《找乐》、《鬈毛》,我都熟悉和仰慕。仰慕他的"洋",仰慕他的"土"。从"洋"到"土",他是一次裂变。他告诉我,眼下在写一部长篇电视剧。不久,就看到了那部名噪一时的《皇城根儿》。他比较肯定我的一篇叫《弃域之光》的小说。他说,凝重,浑厚,有浩然之气。我受宠若惊。他向我面授机宜,说是写小说的秘诀——别人说黑的,你就说那是白的。我与他有过两封通信,至今保存着。那信封上有"中国作家协会北京分会"的字样,地址是北京西长安街七号。当年各省作协都是这种老称谓,后来不再使用,早已尘封。谦逊,笃实,侃侃而谈,且妙语连珠。第一封信还附有一张黄卡纸,写有单位和家庭住址。单位和家庭住址同时给一个远方青年,我暖暖的。那时,他住永定门外。我住邈远的古尔班通古特沙漠西缘。这种情谊一直潜心铭记。后来他进了中国作协创研部和书记处。没有打扰他，但关注依旧。时常会读他的随笔和序。智慧，远谋，亲和，大爱。二零零九年在王蒙新疆作品研讨会上相遇，我们谈到了从前。他竟然复述起曾经的细节，黄河入海口以及海堤，惟妙惟肖，我亢奋不已。就请人给我们拍照。那人挺实在，狠狠地按下快门，使出了吃奶的力气。瞬间，我有种不祥的预感。在他写史铁生的一篇追记中，我读出了顿悟与觉醒。他说，铁生曾和我多次谈到了死亡，铁生永远是淡定和从容的。他还说，史铁生的涅槃之路，烛照了我们，使我们自惭形秽。看着已经华发沾头的他，我觉得他依旧敦厚，依旧从容。那张请人拍摄的照片，果然影像虚化，如雾霾天里的芦花荡，人影缭乱又模糊不堪。

王蒙

三十四年前参加一个文学创作班，在一个叫玛依塔克的小镇招待所。那时还不兴叫笔会。创作班往往都在更偏远的小地方，安静写作。八人拥挤在一个小砖房里，上下铺，仅有一张四腿桌。我趴在床上写，双臂麻木，却日夜不停。我炮制了一篇叫《闪闪焊花》的习作。一听就知道带有鲜明的"文革"遗风。那时"三突出"依然盛行。期间，来了一位作家，儒雅又两鬓斑白，写过一部叫《古玛河春晓》的长篇小说。作家讲小说创作，流露出对"三突出"的微词与不屑，我们即刻被吸引。作家大肆赞美了一篇叫《队长、书记、野猫和半截筷子的故事》的小说。作家说，早两年，这样的篇名就会被"枪毙"。巧了，我手头居然就有那期《人民文学》。我开始认真阅读，并记住了他的名字。那是我钟情的伊犁乡村故事。我惊讶于他对维吾尔乡村有如此深度的融入。我土生土长新疆几十年，只知道乡村的皮毛。从此，就喜欢上这个能侃维吾尔乡间生活的汉人了。读他，关注他，偏爱无比。《歌神》、《买买提处长轶事》、《鹰谷》、《哦，穆罕默德·阿麦德》以及《春之声》、《海的梦》、《布礼》、《风筝飘带》，入了迷。至今我还珍藏着那篇较早刊发于《光明日报》的《夜的眼》。两种风格，两种味道，让人不能不海阔天空的遐想。洋与土，传统与现代，故事与意识流。"意识流"就是那时知道的，圈内弄出了很大动静。有欣赏，有褒奖，有污蔑，有捶胸顿足。我亲耳在中央民族学院一个礼堂里听一位蒙古族作家用漫骂攻击他。我义愤填膺，我的朋友龙平更是跳得老高，要与那攻击者争论，我按住了。那次讲习班，见了艾青、刘绍棠、钟敬文，他们后来都相继离开了喧哗与骚动的人世。有一段时间，我还默背过他的一些文字，尤其是意识流，很虔诚的样子。我以为那文字无与伦比。我甚至唾沫星子四溅地给更年轻的朋友讲述他的奇异经历——组织部新来的年轻人。巴彦岱。维语。王蒙。仿佛他就是我的兄长，我的师傅。盲目溺爱。他说，茶水在搪瓷壶里沸腾，赫里其汗老妈妈坐在灶前与我笑语。她抓起了一把盐放在一个整葫芦做成的瓢里，再把瓢伸到锅里一转悠，然后把一碗加工过的浓缩牛奶和奶皮子倒进锅里。许多年之后，我才亲耳聆听他用维吾尔语演讲，在千人大会上，洒脱自如，抑扬顿挫，铿锵悦耳，气场宏大。我的血液沸涌着。我想，每一个听过他演讲的人，都会被感染，都会热血沸腾。我送给他一本刊登有我文章的《散文》杂志，那文章里我写到了他。五天后，他竟然专门找到我，说：你那文章我看了，写得很好，我还推荐给家人都看了，女儿还掉了眼泪。吃饭间隙，他把我叫到边上，叙说了很久，告诉我一个德国故事。他说，那个德国故事与你写的很相像。他说，最纯真的东西会超越语言界限。我想起一九九一年的一件事，那时有人开始批判已经辞职的前文化部长的小说，一封署名信件，居然来自我居住的准噶尔荒野小城。乌鲁木齐文友秘密找我，让去调查那个署名者背景。当我悄悄找到那个署名者时，她惊奇地说：我根本不知道这件事。看得出，她是一个淳朴善良的基层工人，她肯定无暇读小说，她更不可能写上告信。我迅速将摸查情况告诉了乌鲁木齐朋友。二十多年了，我很想把这件事告诉他，但我忍住了。我想，默默地做过就够了。关于"坚硬的稀粥"的讨论我一直关注着。我支持他。再后来，一次，我路过伊犁巴彦岱乡，竟突发奇想，要去拜访一下他的旧居。一问，竟无人知道。只好找乡政府。一个维族小伙说：有的，有的。就热情带我们去找，三拐两拐，终于见到了"王蒙书屋"。牌匾做得很精美，我还与管理者一同合了影。我仿佛进入到了他那《虚掩的土屋小院》。书架上有一些多年前出版的旧书，我找到了两本他的汉语著作。挺好。我知道，在当下，喜爱他的人不多了，只有我这样的愚钝者，才会痴迷。

周涛

欣赏他已有三十多年。因为都是新疆人，偏爱。那时候他用组诗《天山南北》撼动了我，还有一首叫《山岳山岳、丛林丛林》的长诗。那是一首关于战争、国家、民族、人类、生命的恢弘之作，超越了小我，关注了人类自身。我以为那是一首被淹没了的巅峰之作。其实整个八十年代，是他与杨牧、章德益用新边塞诗震动了中国诗坛。那时我与杨牧、章德益很熟，唯独与他无缘面见。《西部》前主编萧嗣文说，他曾评过你的一篇小说，还是手稿。我很惊讶。那稿子当然没有发表。那时我是初写小说的雏鸟。他后来以猛禽、巩乃斯马、犁铧和东方老墙惊现文坛。有一阵被誉为"南余（余秋雨）北周（周涛）"，是中国散文的扛鼎人物。他自誉为"站在诗的肩膀上写散文"，怎能不惊现文坛？他是散文中国的稀世大鸟。我对他的那篇《伊犁秋天的札记》情有独钟，因为我出生在伊犁。那时他曾扬言，伊犁河是我的河。这次，终于有机会与他合影了，我发现我的个头与他相仿。他比过去淡然多了。他说，写作是一件寂寞的事。他还说，许多人开始是因为文学表面的利益所诱惑，之后渐渐深入便鄙弃了那点小名小利，逐步成为信徒和殉道者。他告诉我，舍弃浮名，得大自在；享受寂寞，得大欢乐。

艾克拜尔·米吉提

文学被炒得热火朝天的年代，他的《努尔曼老汉和猎狗巴力斯》获得了一九七九年全国优秀短篇小说奖。那时我就知道，他是哈萨克族，在伊犁，用汉语写作。伊犁是一个留给我许多妙曼的童年记忆的地方。温润的气候，香气袭人的苹果，一望无际的麦田和大叶白杨。很快，他又写出了《哦，十五岁的哈丽黛哟……》——那个脸上泛红晕，起身像一缕轻风飘进柳林里的哈丽黛。许多人都记住了那个好听的名字：哈丽黛。还有一篇《瘸腿野马》，写得细腻生动，心理感应在时刻碰撞之中，有无语胜有声的效果。我钦佩他驾驭汉语言文字的功力。后来就听说他高升到《民族文学》杂志社了。一九八八年，我买过一本《四人集》。那是一本我爱慕又倾力相拥的四人小说合集。张承志、乌热尔图、扎西达娃和他。那书收入了他的《红牛犊》。依然是哈萨克草原生活。牛犊，祖母，叔叔，我和云雀以及苍茫的暮色，还有古歌《从喀拉套山转来的迁徙队伍》。那是青春的草原，银灰色的草原，旷古的草原，有风铃草和金莲花的草原，有勿忘我和野罂粟的草原。还有浓浊的牛粪味道。清逸，质朴，含蓄，深邃。见面后，我与他聊《红牛犊》。他笑笑说，太老了。口音完全是地道的京腔。是啊，二十多年的京官，他怎能不变。由清瘦变得健壮，由青涩变得老辣，由轻捷变得沉稳。变才是硬道理。现在，他常常西装革履地频繁组织活动，镜片后总是闪烁着来去匆匆的疲惫。但他会为发现新人而雀跃。他豪放地喝着酒。牵引出的仍旧是率性本真的新疆人豪气。他还是豪放厚道的新疆人。举止新疆，口气新疆，神情新疆，酒量新疆。那天，我们喝的是"伊犁老窖"。他兴奋地举着酒杯说，老家的美酒，干！说完，就扬起了脖梗。他的京腔背后透溢出的还是地道的新疆底气。

刘宪平

一个默默为不同语言、不同国度之间构筑文学桥梁的圣徒。一个潜藏在作品背后的忠实拓荒者。这是我打开他翻译的诗集《双重对话》（与人合著）时，跳出的真实感受。那是一本来自巴尔干半岛悠久国度——马其顿诗人的诗集。那诗人叫特拉扬·波得洛夫斯基。据说是马其顿最著名的诗人。在凉爽高远的秋阳下，我踏着彩石铺就的小径，品尝着一首叫《秋》的诗歌。"秋天提前到来／长长的犁沟／延伸于田野／那里有未做完的活计。"我觉得我或许已经走在马其顿的秋天里了。于是,我翻找起译者的介绍,然而,没有。甚至在吉狄马加先生撰写的序言里,也没提到译者的蛛丝马迹。怅然若失。他翻译过许多前苏联和俄罗斯的著作。我曾读过一部叫《在战争的日子里》的小说,那是前苏联作家扎顿斯基的作品。描写反法西斯卫国战争背景的事。苏联军人尼基申少校被安插到德军最高统帅部工作。小说大量涉猎了手拿烟斗的斯大林和操巴伐利亚口音的希特勒,语言生动,细节准确,且环环入扣。可惜,我没有留意译者。只是当我认识他之后,才重新找出这篇小说。他是一个内敛而淡泊的人。他从来不谈自己。他仿佛永远沉浸在翻译的行动之中。他还翻译过《母亲的心》([苏]卓·沃斯克连先斯卡娅著),《爱我吧,小战士》([俄]瓦·贝科夫著)以及《阿富汗战争的悲剧》([俄]利亚霍夫斯基)等三十多部作品。他说,只要你认真地去体会,细心地去感受,用自己的心血去渗透,就会一步一步接近那个永无止境的奇妙仙境。这是他的翻译之道,也是他的心灵写照和做人之道。

宗仁发

二十多年前,东北惊爆一个《关东文学》,视野开阔,思维犀利,理念新潮,推举的都是先锋人物。那时,我的目光还算宽广。好友董立勃就有小说《刀》横立于关东广场,并入选《新时期流派小说精选丛书·结构主义小说》。那本书设计颇为抢眼,有大块的黑与大块的白,有剪纸状的树干与黑太阳。我是一九八九年十二月回石家庄探望父母时购买的。那时我蜗居在准噶尔盆地一个荒野小镇上。那本书就是他编的。我记住了他。他一直在为中国的先锋推波助澜。那书里都是我欣赏的人物和文字。马原、洪峰、格非、皮皮、乔良与董立勃。《虚构》、《瀚海》、《陷阱》、《灵旗》和《刀》。结构也可以主动改变或制造某种生活内容，而不是消极地反映和容纳。如今这些先锋人物大都很少写作，有深藏不漏的意味。唯有董立勃愈发的才思如注，浩气磅礴。其实，那年他主持的《关东文学》已经停办。他又琢磨着开启了《作家》的新旅程。二十年砥练，《作家》已成为中国最优秀的期刊。许多人喜爱它，就如同发痴一般。甚至用上了偷、撕、藏的拙劣伎俩。早几年有一次在图书馆，一期最新的《作家》竟然被撕掉了数页。我很气愤，在与一位很有品位的作家朋友发泄时，那朋友竟尴尬地笑说：是我干的。我顿时语塞。后来，我就长期订阅了，一订就是十六年。我知道，《作家》是他呕心沥血打造的文学高地。有人说，是"中国的纽约客"，是"四小名旦"，是"偏处一隅"领衔行业的文学尖端，也是一束熠熠生辉的"精神烛光"。有时我想，这样一本富有魅力的杂志，他是如何捣鼓出来的，太神奇了。与他交谈之后，果然，他不同凡响。深邃，思辨，爽利，浓烈。他皮肤稍黑，高大、魁伟，很有东北人的底蕴，当然也有我们新疆人的气度。正宗的吉林人。辽源走出来的关东虎。现在我脑海时常会浮现出他在四平讲师团口若悬河的情景，他讲计划经济与商品经济。那时还没人敢提市场经济。他宣讲的理论与他潜心研究的理论相去甚远。苦涩会常常在眉宇间呈现。因此他坚定执著地办起了文学刊物。说起来，董立勃算是他较早的赏识。从天山拿到全国赏识。那需要慧眼。《当代》二零零三年推出《白豆》时，还大呼董立勃是"名不见经传"的新手。董立勃说，他是我最早的知己。我们聊着别的，我没有向他表述我的钦慕。我知道，他朋友很多，包括韩国、日本甚至那一群俗称的"美女作家"。但我知道，他会把我当朋友。我忐忑地向《作家》投稿,因为《作家》在我意念里太过神圣,忐忑自然会加重。没想到稿子很快就刊发了。一位与我同期刊发稿子的作家说,能上这样精美绝伦的刊物,感觉幸福。我说,我也有同感。那期杂志分量挺重。有马里奥·巴尔加斯·略萨,有罗兰·巴尔特,有莫言,有大江健三郎,还有阎连科、麦家。我相当知足。

迟子建

《人民文学》推出她的《北极村童话》时,她还是个小姑娘。我读后,印象颇深,遂在地图上找到了那个叫漠河的地方。东北之北的一个小圆点。我想象着北极村的样子,冒出了一个不怎么阳光的闪念:一个涉世不深的小姑娘,多半会有人在背后提携。然而,她竟锐不可当起来,令人愕然,也令我那个曾经卑琐的闪念无地自容。小说集《白雪的墓园》、《向着白夜旅行》、《逝川》、《清水洗尘》;长篇小说《树下》、《晨钟响彻黄昏》、《伪满洲国》;散文集《伤怀之美》。我陆陆续续地阅读咀嚼着,也陆陆续续触摸到了她文字深处的哲理与奥秘。有感悟,有欢悦,有酸楚,有哀怨。她一路攀援,不断显露峥嵘,竟获过三次鲁迅文学奖,一次茅盾文学奖,两次冰心散文奖,一次庄重文文学奖。奇迹。虽然我也认为获奖与评委有关,但她的文字冷峻超拔又激情四溢。清醇、诚挚、凄婉、忧伤,张弛自如,内敛喷发适度,控制与平衡老道。她曾说,文学让我"从哀恸中活过来"。她又说,文学对有用的人,是内心的甘泉,对无用的人,是浮云。当今世界,浮云满天,甘泉难觅。她依然很淡定。我与她交流时,正值夏季,她穿了一条大花裙子,明星一样。记者常常会用闪光灯和慌乱的脚步打扰交流者的思路。她的长篇小说《额尔古纳河右岸》再次让我震撼。《收获》最初刊载时，我就读了，惊讶她竟然深入到鄂温克族内部，走家窜户，同吃同住，入原始森林，爬悬崖峭壁，读器物标识。沉静、简约、精妙。她讲述了额尔古纳河畔一个人口较少民族的生存状态与百年磨砺，更提出了人类进程中改变与坚守、失去与无奈的现实与思考。那是一个重大又沉痛的尖锐命题。她的思考经由一个九十岁耄耋"酋长的女人"的口吻说出，充溢着沧桑感、古旧感又满含抒情意味。因为一篇稿约，我联系她时，她关机了。后来，她又冷不丁地回打了过来，说在香港大学，正伏在稿纸上履行她的另一个作写计划。不久，我就看到了她的长篇新作《白雪乌鸦》，那又是一部恢弘之作，再现了一百年前哈尔滨大鼠疫的生死传奇。她用遒劲老辣的笔调，再次向人们展示了文学的雄阔。

董立勃

他是相识最早的朋友。那是一九八四年，他刚刚从师范大学政治系毕业，踌躇满志，光艳照人。那时他周围聚笼了一群文学青年，他像一个娃娃头。那时我也写小说。我们无话不谈。我喜欢他的文字甚至自己。《在原野，有条小河》、《阿美酒馆》、《不曾结束，也未能开始》、《暴风》、《刀》、《荒野故事》，我篇篇喜欢，甚至能记得诸多细节。他被誉为新疆的"黑马"。那篇遭到争议的中篇《黑土红土》，是厚重、悲悯、苍凉的好看故事。整个写作过程中，他常常兴奋地告诉我进展情况。他说细节时，难以自制。如今，我依然保存着他与我关于《黑土红土》的书信。他还说，因为形势，你的拟刊《天山》的小说《幻影梭梭》

也被抽掉了。一九八六年《西部》杂志博乐笔会，我与他同住一室。我们日夜不停地赶写稿子，因为天热，都光着臂膀，留下一条短裤，但依旧汗流浃背。刁铁英说，两个大汉啊。二零零三年，他的长篇小说《白豆》在《当代》发表，我兴奋不已，专程携夫人去乌鲁木齐看他，他很惊讶。那时我不动笔已有十年了，居然读完《白豆》，我流泪了，就怂恿妻子也读。读完后，妻子说，我也要去看他。他请我和妻子在闹市区吃了火锅。《当代》导语说，这部把编辑部男女老少都感动得刻骨铭心的西部经典，竟出自名不见经传的作者之手。我心里说，新疆文学界早已久负盛名的他，在全国居然还是名不见经传的新手。很悲哀很凄凉。天山真是一道难以逾越的高墙啊。此后，他又一气出版了《米香》《白麦》《暗红》等五部长篇，势不可挡。没有底气、锐气、才气，绝对弄不出来。这次写作营，我又与他同住一室，我们兴奋着，促膝深谈到下半夜。

何志云

最早知道他时，他还在《中国青年》。年轻气盛，风流倜傥，主持过"五·四"青年小说征文和新星系"TT"杯处女作征文比赛。那是上世纪八十年代。那是文学红红火火又轰轰烈烈的年代，宛如全民都在搞文学，很不正常。记得一期《中国青年》，他推崇一篇叫《片段人生》的小说，写的是两个小当兵的窥探班长偷偷抽烟的过程，简洁，精巧。他说是"以少少许胜多多许"，一个绕口的短评，让我过眼不忘。那时他力推了一批后来声名显赫的小说家。这只是我的记忆。他制止了我，不让我瞎说。其实，批评家写小说，他是我膜拜的第一人。《辣椒》

和《宾馆》,都刊发在当时影响颇大的《上海文学》。手法新颖,叙述怪异,很现代,但本质传统。他是那种可以两肋插刀的朋友,我曾在一篇散记里这样说。那时,他也很看好我的小说,力荐我上鲁迅文学院。他跑前跑后,找何镇邦好几次。于是我就被特批了。寄来的牛皮纸信封,里面装着一张入学通知书。通知书说:你已被录取为鲁迅文学院第八期创作进修班学员,请于一九九二年三月二日凭本通知到本院报到。学期四个月。那时鲁院在十里堡路。我最终还是没能去成鲁院。我的上司对文学不屑一顾,而且态度生硬。如今,那份盖有鲁迅文学院印章的通知书,依然藏匿在我书柜深处。我感激他。后来他离开北京去了杭州。婉约的杭州大约比较适合他办教育。院长的行政事务让他忙得不可开交。我想,我再也读不到他那有思辨智慧的理性文字了。怅惘了很久。一天,一同事拿了本《江南》杂志,偶然翻阅,发现他竟主持了一个栏目。栏目里刊发的都是犀利又智性的文字。我知道,他的文学之心依旧。前段时间突然收到他一个短信。他说,回北京了,这次是彻底放松回家。他发给了我北京的联络方式。在北京的诸多朋友里,一不小心我就会弹跳出他。一个二十年前的旧友,依然存念旧情,让我时时感受到了来自祖国心脏的温热。

刘亮程

一个奇人。他把那些别人不在意的东西都弄进他的散文里,似曾相识又刻骨铭记。仿佛搬开土坯翻找钥匙的人就是你;仿佛提镰刀再也没有消息的人就是你;仿佛等着风把门刮开走进小院的人就是你;仿佛躲在草垛上听一只老蚊子嗡嗡的人就是你;还仿佛扛一把铁锨在村外闲转的"闲锤子"就是你。在他奇妙机敏的文字背后，你会感叹时间的魔力，风的魔力，大自然的魔力。他被誉为"二十世纪中国最后一位散文家"和"乡村哲学家"。他的脑门大而且光亮，透着谐趣与智慧。现在他又穿着运动鞋走进了二十一世纪的乡村大道。诗意，明澈，睿智，若隐若现又暗香浮动。他说，炊烟是镰刀，榆钱是飞碟，萨满把头伸进风里，跟久远的声音说话。他说，灵也有岁数。他说，驴叫是红色的。他还说过许多狡黠又极富哲理的话。其实，他平常说话就带有浓浊的幽默与思辨意味。他笑着，目光松弛，拙朴，散淡，但又隐含狡黠与锐利。那眼神深不可测，总能刺进你的内心，让你怦然心动。你知道了，他就是那种能潜入你脏腑深处的朋友。有听觉、嗅觉、视觉、味觉、动觉的综合。他说，那是梦魇。他高亢地呐喊道：向梦学习！他说，极具天赋的作家能记住在母腹里的情景，做梦一样。梦是一所学校。文学就是梦学。人们惊讶地张着嘴听他诡异的叙述。他就不说了，变戏法一样拿出他家乡黄沙梁出产的白酒，让大家喝。甜滋滋的，我说。大家于是都放开喝，毫无思想准备，待喝得差不多了。他又说，到我家后院去乘凉，有虫子和柔和的夜风，有雾月和清幽的情调。不一会儿，我就不省人事了，听到的全是月光下的狗吠和虫鸣。他的长篇小说《虚土》和《凿空》都叫好不迭。我觉得《虚土》是一个童孩坚硬的乡村岁月。何英说，《虚土》是一个直觉世界，《虚土》带来的阅读奇遇和震撼可将他推至一个全新甚至他自己都不可复制的新境界。我说，《凿空》是一个真实世界的荒诞梦。从《虚土》到《凿空》他清晰了，有一种发酵后的熠熠生辉，深刻，繁复，调侃又接近本质。那是一种宽厚、阔远、浩气鼓荡的大境界。但人们还总是念念不忘他的《一个人的村庄》。那里有许多经典语录，可以日常比对。通俗易懂，哲思深邃。"许多事情都一样，开始干的人很多，到了最后，便成了某一个人的。"，"我似乎已经知道，日后能够等待我们的，依旧是静坐在那些永远一样的黄昏里，一动不动的我们自己"。"走着走着剩下我一个人"。那是他的村庄，也是世界的村庄。他时常在宣纸上写字，有时还画几笔简洁的文人画，有力透纸背的效果。就宛如一只搁浅的小虫子，或者一褡裢埋在房子底下的金子。我想，他是在蓄势待发。我仿佛看见他从越野车上下来，换乘一辆毛驴车，甩着响鞭，然后又开推土机冲进了自家的老院子，去挖金子，如做梦一般。他送我一幅字，我很喜欢，折叠后，恭恭敬敬地藏匿在隐秘的暗处。

邵振国

《麦客》上世纪八十年代轰动文坛时，我就读过两遍，很为故事的深刻而惊呼。那《麦客》带着乡土气味，带着良心拷问，也带着焦灼的情欲。土地，贫困，扭曲……它定格着一个时代的悲悯记忆。我想，他肯定是一个皮肤黝黑的大汉，不然怎么抵挡如此繁重的体力劳动和灵魂的抉择与博弈。然而，二十多年后见到他，居然让我挺失望，虽然肤色较为相像，可体块就单薄多了，人也过于瘦弱，与振国的气魄大相径庭。不过，接触几日后，却感觉他的魅力是内在的，与"麦客"倒很吻合。在经受了岁月磨砺淘洗之后，那文字也愈发的显现出耀眼的光芒。低调、沉寂的他，在攀援天山山脊时，表现出了坚强意志和持久耐力，就宛如当年的麦客一样，让人感动和仰视。他并不是那种昙花一闪之后就消声灭迹的人物，他一直在不停地耕耘。《大水河》、

《雀舌》、《日落复日出》，都是口碑不错又有文化含量的佳作，而长篇小说《月牙泉》、《祁连人》、《若有人兮》更让人唏嘘折服，尤其《若有人兮》。他竟然用七年时间几易其稿，终于磨练出一部分量与内涵都不俗的精品。篇名取屈原《九歌. 山鬼》"若有人兮山之阿"之意，有蕴藏深层意味的精神指向。看着他，我说，我还读过你另一类理论性很强的文字，不像一个形象思维活泛的小说家所言。他谦和地回答，那是受我外公俞平伯先生的影响。俞平伯老先生的《红楼梦辨》，是中国"红学"史上一座绕不过去的丰碑。

沈苇

早几年他是个行吟诗人，背着行囊在新疆大地上游走，胡须上都泛着汗渍。他出了一本叫《新疆盛宴》的旅游指南。那不是一般的地理指南，有深层的人文思考和思想脉络。后来，关于"盛宴"的书籍就多起来了，漫天飞舞着，模仿着他的模样，让人心躁。再后来他又弄出一本《新疆词典》，是"后散文文丛"的一本，被称为是"保持写作的尊严"的著作。读过后，我知道，这本词典不好随便模仿。虽然"词典"很多，但你不得不为他的智慧与心性唏嘘。他是一个外来者，不像我这种土生土长的新疆人，对大自然木讷和愚钝，以为只有自己了解新疆。其实不然。他用几年就跨越了我们几十年的积累。他跨越了葡萄园、汗血马、"天浆"石榴和火浣布，甚至土灰土灰的麻扎群。当然带给他声誉的是《在瞬间逗留》，那本诗集获得了第二届鲁迅文学奖。据说后来有不少人都蓦学着他的模样，背着行囊在新疆大地上漫游。他说，其实那样挺好，新疆大地有撷取不尽的绚烂。现在，他潜心做着另一件被业内认可的事。他用他的严谨与睿智，思辨与绝想，把《西部》弄得潋滟光彩，叫好不迭。既清新灵动，又浑厚华滋；既前瞻高华，又温善包容。他让我对他重新审视和刮目，也让我对偏远的新疆凭添了一种新的力量。在写作营里，他很忙，表情沉郁，目光深邃，似有千斤重担压着他，让人心疼。我一边读他《植物传奇》里的隐喻故事，感受他的诗性与才气，又一边貌似深刻地想，他还能干更大的事。

郭文斌

与他相识，是在北京京西宾馆的会场。那是参加全国第八次文代会。我们邻坐，胳膊肘相互接触之后，都客气地笑笑，可就在目光相互对视的一瞬，我忽然觉得此人面熟。于是就牵出了脑海深处的记忆。五月，六月，两个纯情又纯真的少年。空灵，温暖，纯净，也隐含着疼痛与忧伤。我喜欢那种宁静、安详。那是一种迷人的纯美。那篇小说叫《吉祥如意》。因为喜爱，就专门找了作者介绍，也就对相貌有了印象。我说，你是宁夏的郭……。他愣了一下，才回答说：是。于是就互相留了联络方式。谈小说，谈熟人，谈风土。他谦和而沉静，是个写小说的材料。后来就格外关注他。我一关注他，他就"火"了。不断有文章被批评家热议，像热闹的集市。第二年《吉祥如意》就获奖了，鲁奖，人民文学奖。眼下重逢，我觉的他年轻帅气了，精神抖擞了。他穿了件运动服，红蓝搭配得挺协调。如今他的写字与做事都红红火火，银川的图书馆与校园常常能听到他谈安详、谈感恩的锐利声音，而且，连珠妙语。那本叫《黄河文学》的杂志，也吸纳了许多精英的目光,因为它有品质和品位。我知道,那是他琢磨出的品位。我说,读你的长篇《农历》,我觉得你把中国几千年传统节日节气都囊括其中,是别致精准的创举,更是对农耕文明和乡间韵味的阐释,简约,细腻,丰厚,是一部吉祥的善书。他谦虚地笑笑说,没有的,没有的。

阎安

他沉默着,总是在独享自己的感受。他具备诗人的孤傲与洞察力。难怪曾有人称他是:中国最隐秘的精神贵族。其实,我觉得那与他独特悲伤的童年有关。他狠狠吸了一口烟说:我从小养成不太合群又独往独来的癖好,我喜欢独自追踪与眺望,尤其对有神秘倾向的大自然。说着,他又买回一条烟,他的烟瘾很大。我知道他,是因为《延安文学》。那时,他把那本红色圣地的刊物,弄得十分现代,且穿插有一些内容独立的美术作品,形式感极强,寓意多重。我很蹊跷与仰慕,一个传统浓厚的革命圣地,居然有一本高雅纯粹的文学刊物。于是就知道了他。原来他还是诗人,是内心波澜起伏、气质高贵又执拗的高原诗人。在黄土高原的沟沟峁峁和塬上,他弄出的是《与蜘蛛同在的大地》、《乌鸦掠过老城上空》和《玩具城》。他说,每个人都是一个古老的传承,他来自自己的血液、种族、地理、气候。那个人就是一个时代,那里记载着生命的痛苦和虚无,卑贱与高贵,孤独与求助,抚慰与放弃。他还说,我们所理解的生活更多的其实是一种时尚的东西而不是理性和精神深度上的更高的现实和存在整体,这种差异也许是致命的。他果然是一个纯粹的诗人。不过,我还欣赏他的另一句话:不能让一首诗累死了,要留下余地。他除了递烟,还去买了一叠新出坑的馕——那香气四溢令人垂涎的馕。他逐个分给大家,满车人都咀嚼得津津有味。现在他主持着《延河》,也把这本刊物弄得凝重厚实,清奇峭拔,很有大家办刊的风范。

耿占春

他是一个需要有耐力才能深层阅读的人。他神秘,含蓄,理性,沉着。他的面目与他的文字一样耐人寻味。他的胡须很阳刚,肤色也很阳刚。第一次见他,我们都期待了很久,那是一趟夜晚航班,他从最南面的海口一路北上,然后西拐,就天黑了。多年前,我读他的文章,感觉智慧,理性,超前意味浓郁。我知道,他是一个思想者。后来,他就获得了华语文学传媒大奖。他获奖的著作是《失去象征的世界——诗歌经验与修辞》。我很想与他深入交流一下,但一直没有机会。交流也显得太过于"小资"。因为那都是些严谨严肃又理性精神的命题,在不合时宜的地点会让人生厌。当然,他不会。他很安静,很淡然,但骨子里却生长着刀锋与剑的硬朗。后来,我就看到了他的《沙上的卜辞》。有一种未卜先知的慌恐。他说,我并不知道在辑录生活瞬间的时候,生活自身会发生什么变故,什么事件,直到每一个事实来到字眼被确认的时刻。他说的感言很艺术,却打动了我的心。我能感觉到那脉搏的跳动。慌恐消失了,我进入了那些纷繁的隐喻与概念之中。球体。屏障。风。梦境。清晨。我感动着。我努着嘴,似懂非懂地思考着,然后转脸看他。我发现他挺温柔的,而且他也不怎么喝酒,似乎不阳刚了。

高兴

我手机存储着两个高兴的电话。北京高兴，乌鲁木齐高兴。沈苇一介绍，我就知道他是谁了。他来自《世界文学》。那是一本我订阅了三十三年的杂志(书)。那是一九七七年。我一边写大幅标语，一边翻阅《世界文学》。懵懂中，我发现世界原来是那样的妖娆多姿，趣韵横生。从小，我受着全世界三分之二劳苦大众在水深火热中煎熬理念的熏陶。我知道，他们吃糠咽菜，像奴隶一样生活着。我时刻准备去解放他们——用我菲薄的力量，甚至生命。可当看过《世界文学》，我发现世界的门开了，我走出了逼仄的天地，那世界精彩多重又烟雾袅袅。我说，我至今保存着《世界文学》的创刊号。他纠正说，那是复刊号。他纠正时很激动。他说，太惊讶了，在西北角的的克拉玛依，我竟然还能看到三十年前的《世界文学》，回去要告知同事。于是，我们就显得靠近了一步。那是去年冬天。进一步深入，我发现他就像步步紧逼的梯田，层层都有豁然开朗和神清气爽。读他的过程，渐渐会读出感情和味道。立陶宛诗人托尔斯·温茨洛瓦的《一首有关记忆的诗》说："你在等待那离去的人们？/进入他们离去的深处/墙壁背弃了他们/如同照片、铅笔、钟表和灵魂/雨和报应/沙和雪/还有松针/征服死亡胜利"。这是他翻译的。有旧物、意象和心灵交织，有扑面而来的凄婉。《明月出天山》朗颂会上，他用罗马尼亚语朗颂了一首叫《幻觉》的诗歌。他站着，孤独而忧伤。水波，正传递着他的信息。他主持研讨会也是别开生面，才华横溢。别人一段小小的发言，竟被他升华得精彩而晶莹剔透。别人肯定会高兴。因为他就是高兴。

赵荔红

我已经不用笔名写作了。她说。那是去年冬天见到她。她比我想象的瘦弱一些，属于小巧玲珑型。她的确"洋溢着南方植物园"的味道，白皙，妍丽，秀雅。她的镜片闪着光。她说，因为有一个同样的笔名，我常常被搞得哭笑不得。我说，这样好，荔枝的红。她曾一度被人划入祝勇、周晓枫、蒋蓝等新散文的时髦队列。我倒觉得她不完全是。或许那与她的经历有关。她竟然在复旦、上海师大、上海财大取得了法学学士、文学学士、工商管理硕士学位，这很有意思。于是她就出版了散文随笔集《意思》。那里融入了她的才华、潜质、品格和心境。既纠缠又坦诚。细细碎碎的生活本来就很有意思。沈从文的乡土很有意思，萨福的象征很有意思，川端康成的物哀之美很有意思，《诗经》汉字的意象与音节的平衡感很有意思。她博览群书，引经据典的能力很强，而且有自己个性的视角。读她那篇关于"草"的文字，就有趣味盎然，生机无限之感。春草萋萋，佳木欣欣。草，衍化成了三棵草、四颗草，又引申为苛刻，引申为遮蔽，当然，草茂盛、茂密、苗壮的样子更是举不胜举。我在"草"中读出了细节和活力。不仅在文学，她还用镜头捕捉到了更多令人感叹和生情的天山美景，无论构图，色彩，疏密，虚实，光线，都暗藏着优雅、简洁和细润无声。我很惊讶，感受到了她镜头深处的开阔与偌大。

徐大隆

他是地道的上海人，江浙口音，喜穿朱红、鹅黄和粉绿 T 恤，关键是皮肤白皙,那白让许多女孩子自愧不如。混迹数日后,我开始颠覆自己先前的定论。他其实很豪爽,很粗犷,很本真,而且酒量很大。他通晓新疆美食,说起手抓肉、拉条子、烤包子、油塔子、揪片子、面肺子竟头头是道,尤其大盘鸡。他说,新疆有沙湾大盘鸡、黄沙梁大盘鸡、柴窝铺大盘鸡、血站大盘鸡等等,调味主要是辣椒、花椒、胡椒、香叶、八角、桂皮,还有小茴香和孜然。他说,大盘鸡的关键是——色香味俱佳,口感好,味道纯厚鲜美,与我们上海的清炒鸡块是大相径庭,南方人是学不来的。他还说,上海人喜欢放点不辣的青椒,也有放点洋葱的,味道不一样的。其实,他不仅喜爱新疆美食,他更喜爱新疆的好作家与好作品。他是一位躲在幕后的好编辑。遇到好小说,他会难以自制,赞口不绝,常常还会重复提起。他说,董立勃的小说文笔清新,景象凄美,《白豆》是一曲爱情绝唱,《暗红》写出了最本质的东西,相当打动人的。他又说,你们巴格拉西的小说也不错,我们很惊讶的,太有味道啦。他就是这样一个痴迷者和传播者。圈内他的口碑不错,因为他是默默无闻又任劳任怨的助产士。的确,他还极力推举过甘肃的雪漠、内蒙的萨娜和广西黄土路。他说,雪漠是灵魂里流出的真诚,萨娜是呼伦贝尔的女儿,黄土路是红土高原的殉道者。看着他口若悬河的样子,知道他投入得很深。我不想打断他溢光流彩的叙述。

娜夜

她坐在我旁边。我是新疆人,算半个主人。于是就主动与她搭讪。她简洁机械地回答,很勉强,有些冷美人的味道。我愚钝,这些年读诗不多,不知道她。她居然是第三届鲁迅文学奖诗歌奖获得者。我肃然起敬了。我知道，能获鲁奖的诗人不多，况且她还是一位甘肃的边缘诗人。在新疆，多年来文学圈子里就自己与自己较劲，说，我们边远，我们边缘，我们再好也难以抵达中心。我们只能在边缘自娱自乐。我也跟着瞎喊。有一天，我突然醒悟了，不再支持边远说。我发现那是自欺欺人。她是一个忧郁、深邃又自醒的诗人。表面看她似乎更像一位南方女子，粉白，娴雅。其实，她的内心是粗犷的、阔大的。《起风了》就让我有那种感动。"野茫茫的一片 / 顺着风 / 在这遥远的地方 / 不需要 / 思想 / 只需要芦苇 / 顺着风 / 野茫茫一片 / 像我们的爱 / 没有内容。"看似纯净，柔和，却隐含着深入与开阔。这就是我们西部。空旷，悠远，孤寂，忧伤。有评论说，她的诗"既有口语的自然和腴润，也不乏精敏的深层意象或隐喻。诗人将不同的语型和谐地融为一体，以保持诗歌语境恰当的张力，体现了她较高的综合创造力。"虽然，我感觉这种评语过于书面化或过于玄奥，但还比较精准贴切。她还有一首叫《生活》的诗，我也比较喜爱。天然，轻逸，又内含沉郁。她说，写诗已成了嗜好，已经内化为我生命的一部分了。当然，这不是她亲口对我说的。她亲口对我说，我喝不了酒，我过敏。

黄土路

他总是背着硕大的旅行包，埋头走路，像一个负载累累的逃难者。我说，你把它放在宾馆多好，背上你的长镜头就够了。他憨笑着说，不重，不重，习惯了。于是他就背着双肩大包攀岩，翻山越岭，甚至吃馕。他与他的小说判若两人。他的小说很现代，超现实的，有诡异的风格与缜密的思考。荒诞、变形、夸张。《垃圾桶》就是一个怪诞的故事。他讲述了一个男人被心爱的女人拒绝后,变成了垃圾桶,守在她门前,只为每天能看到她,似乎在提醒人们,不要忽视爱你的人,包括善待垃圾桶。他说,我不善表达,口齿也不清,我是壮族。我说,我有好几个壮族朋友,他们讲段子时眉飞色舞滔滔不绝。他说,我不是怨妇,我喜欢空灵、劲道的文字叙述。的确,他还有《洗衣机》、《阳光穿透苹果》、《谁在深夜戴着墨镜》以及《赶往巴格达》等等,构成了他光艳斑斓的人物意象群,那里传达着他对现实的关注与思索。他是用荒唐抑或是漫画的手法,来组构人们的内心世界。那个世界透着另一种美,真实,纷杂,悲悯,耐人寻味。

黄毅

　　骑一匹烟色马,他从下野地出发直奔一个叫奎依巴克的小镇。那时,他穿着时髦,留一撮小胡子。他"倾心"的那些"花朵",就是"黑石油·野马群"、"铁马嚼"、"白马鞍"。奔驰着,他跨越了那些"狼粪的深谷"、"最高处的堠堡",不可逆的,宛如鹰。转身,他发现背后是静谧的冈底斯和巍峨的博格达。那时,他很年轻,皮肤稍白,只写诗,也不戴眼镜。翻身下马后,他目光幽深地看了看四周的凸起物,就买了一根乌鲁木齐街头的巧克力奶油冰棒。从此,他就改写散文了。他写出了《和布克赛尔走笔》、《戴乳罩的羊》、《决斗的羊》和《听图瓦人吹响楚尔》,还有一组《新疆时间》。我比较欣赏那篇《晨》,写得机智,冷静,伸曲适度,且深埋着生命地理、情感地理与人文地理的风骨。那个早晨,那里拥挤着西域的"母鹿"、"楼兰"、"沙鼠"、"金雕"等物象与符号,让人迷恋又义无反顾地投入。那是一种暗示,也是一种经验。那个早晨,其实就是"亚洲的早晨",也是"整个人类的早晨"。他的创作从诗歌到散文是一次大的突变和升级,文字也愈发的精美、凝练,还充溢着一股绅士的高雅气度。我以为,这也许与他这些年不骑马有关。他翻动着那本印刷考究的夹杂有女明星写真照的男性刊物《明星时代》,幽深的目光里多了些精细和秀逸。我欣赏那个马背上追逐奔涌的他。

黄永中

他曾一度是艺术总监,我觉得怪怪的,很突兀。艺术总监总是蛰居在剧院剧团那样的地方,怎么会存在于一本文学杂志?不久我就喜欢他了。质朴,热情,执著,敬业。他总是背一部镜头沉甸甸的相机忙碌,颠颠簸簸,吃苦耐劳的样子。于是我就看到了他的艺术摄影。叶尔羌河的湍流,西藏阿里的冷峻,塔里木河边的血色胡杨……摄影是瞬间艺术,既捕捉辽远伟岸,又捕捉心灵的亮色。他深谙此道。读他的摄影你就会看到深邃与阔大,也会看到温馨与甘美。有人对我说,他的画更棒,画才是他的正宗。找来一看,我服了。我历来对绘画充满敬畏。因为小时有绘画经历,有一种难以割舍之情。后来又在一个基层单位画"忆苦思甜"和"反击右倾翻案"水粉画,写大幅标语,还装模做样地临摹范曾和沈尧尹。我一般会鄙视自我吹嘘的画者,但看过他的画,犹如鸽翅扬起的和风,清新,妍秀。那画,没有娴熟的技能和深厚的文学功底,是画不出的。他与沈苇合作的笔记本小册子,是一本高雅精巧的小册子。里面全是思想敏锐和意蕴泉涌的漫画。我再次被吸引——静坐的人脑袋上有两个手持刀剑的杀手在决斗,有大耳长尾狗和神鸟在观战助威——几根绳子从白云间伸向地球,地球于是就被吊着行进了——类似的作品还有很多,简洁,疏朗,意寓深刻,给人多重的思考与想象。我看到了深层的他,一豆烛光的他。我说,开始对你做艺术总监感到挺蹊跷,现在觉得应该是,虽然现在已不做总监了,但风韵犹存。我主动帮他扛起沉重的镜头。我一直把它扛到了灯杆山的山顶。

张映姝

《西部》改版时动静挺大,上任一位副总编,女的。黄毅说,我们《明星时代》的人,才女。我深信黄毅的话。因为黄毅二十年前对我说过的一些结论性评语,现在基本都证实了是对的。动静大,不单指人员流动,还有刊物的定位、风格、内容及设计理念与形式。她果然谦虚。她说,初来乍到,全凭你们关心和指导。她很快就得到了认可,配合得很默契。温润,澄澈,周密,而且朝气蓬勃。一个单位如果有了这般"俏丽"之色,肯定会裂变出几多新气象。令我震慑的,竟然是她的作品。很快,她弄出了话剧剧本《班超》。文字沉静,绵密,老道。如此宏大艰涩的题材,没有相当储备和臂力,恐怕难以驾驭。我这个有三十年写字经历的人,居然始终未敢涉猎话剧领域。我知道,那是个泥潭。后来我又读到了她的《观剧日记》,那又是一组分析理性、知识驳杂、推理严谨、描述率性的精美文字。赏读时,有一种被导入现场的亲历感和真实感。她边走边说,轻缓,自信,沉实,层层递进,层层深入,甚至能感受到舞台演员的动态神情和气息。我真想走进剧院打探个真假虚实。看来她挺忙的,要帮总编打理杂七杂八的事务,要呕心沥血地捉拿好稿,还要构建自己思剧、观剧、梦剧的纸上城池,我佩服。

秦安江

　　他在石河子时，年轻，帅气。那是石河子的黄金期，有"诗窝子"美称。杨牧、杨树、杨眉、李瑜、高炯浩等一批诗人都在，人头攒动，好不热闹。他算是位青年佼佼者。那时他另辟蹊径地写了一组"工厂诗"，钢铁的腥味十足。"他举起手，在空中停顿了一下"——那是一首被周涛极力推崇的好诗。周涛说，这小伙子将来准行。一晃二十五年过去，他发福了，变得沉稳、矜持、内敛。据说这与他在基层当团长有关。兵团团场很锻炼人。比如团场的人皮肤都黑。那阵子在团场，他就把自己搞得黑不溜秋的，还得到上级的表扬。他说，黑厚实，牢靠，有分量，有安全感。黑看久了，就看出了美。其实，那是烈日与风捉弄的结果。烈日与风会让一个白面书生变得粗粝而豪放。近几年，我常常看到他的散文新作。《尘土》、《小动物的趣事》、《农工的日子》、《团领导》、《喝酒》、《秘书》等等，有一股扑面而来的绿洲气息。那也是来自尘土飞扬的偏远农场的泥土气味。他说，那是我领略过的气味。我喜欢那篇描写《团领导》的文字，可以用传神与精绝来概括，活灵活现，掷地有声。他写道：在团场，多数团长是脾气暴躁的，容易发火，经常在一些场合双手叉腰，颐指气使，像一个指挥千军万马的将军。我也在基层呆过，我真的见过那样的生产经营型厂长。团长与厂长差不多。那样的团场风情，就像白杨林里刮过的戈壁晚风，就像棉花地里绽放的花蕾，亲切缠绵，充满了底气。

郁笛

他一脸胡须,浓黑里透着深褐,还有点稀疏。他被赵光鸣戏称为牛魔王。他憨笑一下,并不反驳。不过,他确实已经没有当年当兵时的规整与严谨了。表面看,他更像一个沦落得懒散稀松不修边幅的流浪诗人,其实不然,他内心深处依旧高扬着铁的纪律和钢铁般的意志与理想。他的举动常常令同行惊讶和感动:白天工作之后,他又蜗进自己的书房,静静地码字到凌晨三四点,一年四季总也不变。我为他捏一把汗。果然,他就住院了,说是与糖尿病有关。他于是就不再沾惹白酒,呆坐在餐桌上,缺少了往日的欢悦和幽默。我说,自从他不端酒杯后,就不好玩了,变成了另外一个人,活得也太过沉重。他于是就猝不及防地用山东腔啸叫起来:喝!喝!干!干!声音洪亮,似又恢复了先前的状态。但人们总感觉那表演的痕迹太浓,显得虚假又底蕴不足。因为他太过清醒,也太过理智。我还是喜欢先前的他。新疆新生代作家榜"十佳作家"颁奖词是他撰写的。冷静,含蓄,华美,精练,妙语连珠,颇有大家风范。可以说,他把每一位获奖者的灵魂都触摸透了,并且用自己的思维和情感进行了有益的切割,于是,绚丽就出现了。他的描述,让新疆新生代放射出了新的光焰,也连带出了关于过去与现实,勇气与梦想,边缘与中心等敏感词语的深层思考。清晨,我们俩沿着静谧的山道徒步。我们居然谈到人生那样古老沉重的话题。路边的风景向我们讨好并展示着它的韵味。我们却无心欣赏。我们谈的全是自己的内心世界。我觉得他的内心阔大的就像原野一样。所以他才写出了《读城记》、《藏石记》、《鲁南记》、《被耽搁的遗忘》那样一批隽永简约的文字。

亚楠

　　一个躲藏在中国最西部角落里打磨散文诗的汉子。一个豪爽、热情、大气、沉稳的新疆汉子。其实，他是正宗的江苏人。几十年大沙漠、大戈壁、大森林的砥练，使他的血脉里融入了粗犷、冷冽与铁血的基因，于是他变成了北方人，伊犁人。他开口闭口定会说伊犁，说那拉提、喀拉峻、夏塔和格登山，说伊犁的一山一水一草一木，以及风土人情和淳朴善良。说起伊犁，我也会激动和热血沸腾，因为我也是伊犁人。于是，我与他就更进了一步，偏爱与固执，就像一个纠缠不休的死结。曾经在诸多文章中我均表述过自己的童年和钟爱，那篇《一九五九的一些绚丽》就大言不惭地写我一岁时奔跑在惠远的古城墙上，穿着开裆裤，不知道羞耻地坦露着下身。高维生说，我最喜欢那一段文字，苍凉、缥缈，斑驳而沧桑。他举着酒杯说，来吧，你是伊犁人，不回伊犁就是忘本。他说着，就有些醉意朦胧了。我卓实喜欢他的状态。我说，你的那些散文诗，总是透着大自然的美好和张力，高扬着雪山、草原的坚忍与空灵，集翔着人间的温暖与眷恋之情。他说，我喜爱散文诗的轻捷与凝练。我们连续干了六杯。他说，六六顺。我刊发在他主编的报纸上的文字，被他标注为"伊犁本土作家"。我的心潮澎湃起来。

陈予

　　他最喜爱的就是他的《伊犁河》。这份杂志几起几落，几多伤感，几多惆怅，搞得他也戏称自己是最后一个"莫希干人"。其实这两年

《伊犁河》被他捣鼓的"火"起来了,不断有文章被内地名刊转载选登,惹得他常常在伊犁大街上窃笑。那笑当然是发自肺腑的。因为有哭才有笑。曾经有一段时间,他愁眉不展,灰头土脸,总也提不起精神。他说,那年为了生存,他把稿子带到牲畜市场,边看稿子,边数羊皮,找资金以弥补刊物的窘态。早先,《伊犁河》有过诸多辉煌,王蒙、周涛、张承志、张贤亮、贾平凹等都有文章刊载。那时,我也年轻,好高骛远,积极向它靠拢,居然有小说《石女》发表于一九八六年第六期。我激越了很久,至今保存着那本玫红封面的杂志。凡是与伊犁有关的事物,我都会激越。他说,现在虽然又变成我一人办杂志了,但心境敞亮,思路明澈,不必再为找钱发愁了。现在愁的是稿件,没有那么多版面,发不了,得罪人。我说,那就好,以质论英雄。他说,有深度有见地的好稿谁都喜欢。我说,那你自己的小说就受影响了。他说,我本来就写得慢。他曾出版过小说集《我们走在大路上》。那是一首曾经很红很红的老歌。听着温馨,亲切,充满力量。果然,那篇文章就是回忆童年的作品。他说,有文字编,我对自己的写作就懒惰了,有时我想,过现在过的生活,活在当下,挺好。

熊红久

活跃气氛离不开他,作为调味剂,他会张开悠扬的歌喉,伸展雄劲的双臂,以拥抱的姿态,呈现他本真的情怀。他唱蒙古迎宾歌、敬酒歌,唱美丽的博尔塔拉,唱旷古的草原,唱可爱的家园。他一支一支地唱,抑扬顿挫,直抒胸臆。他唱激情,唱善良,唱涓涓细流,唱缕缕深情。苍凉,遒劲,绵长。他跳蒙古舞,跳麦西来甫,跳大秧歌,舒展,飘逸,硬朗。他是草原上展翅翱翔的雄鹰,是荒野上仰天长啸的骏马。其实,这仅仅是他的一个侧面。在他热闹喧嚣的背后,潜藏着另一种凄迷、孤独和赢弱。那是我从他的文字中读出的。我认真地读着,心里也潮涌起浓浓的亲情。《血亲》、《活在雨中的父亲》、《父亲的清明》、《记忆的河流》,都是他深情悲悯的文字。那里阐释着一个大汉的柔软脆弱的内心,也呈现着一个男人忧凄又无奈的记忆。我知道,他就是一匹带着隐痛奔逸天涯的骏马。

蛰伏在旧片上的父亲

一

没有赶上父亲出殡，是我人生最大的遗憾。

瑟缩在腊月的飘着飞雪的大漠小屋里，我的头脑嗡嗡嘤嘤呜响着，满眼泪翳。我用拇指在手机上摁出了内心最悲戚的文字，传向四千公里外已回到父亲身边的妻子和女儿。那篇追念文字是由女儿代我陈述的，她哽咽的声音通过冥冥天穹又传回我耳边。它是我的心音，也传导了与我一样的悲恸、绝望以及天崩地裂般的凄冷。

如今，站在没有父亲身影的家里，我觉得一切都虚假和惶悚。呆立着，我恍惚又觉得，父亲似乎还在，肯定就蹒跚在为我买早餐的路上——那是一种被称为"果子"的油饼；或者就守蹲在楼下炉灶旁煮稀饭，用手轻轻搅着饭勺；或者正用火钳往炉膛里添加蜂窝煤，炉膛里升腾着暗红的火焰。

这种意象纠缠着我，啃噬着我的灵魂，使我无法安宁。母亲一边哭泣一边叙说着父亲临终的细节，我感觉那就像一部遥远的天书，冥冥地挂在萧索的天上，闪着冷寂的光，不能亲近，不能交流。

二

坐在老旧沙发上，我翻出了父亲遗存的照片——那些被称为遗像的东西。它们被父亲用报纸包裹在一个隐秘的空间里。它们是一叠伴随我出生、学步、启蒙的照片，它们隐匿着我五十年的幸福与欢悦，也隐匿着我肉体生长与灵魂洗练的微妙过程。年代久远，它们斑驳而黄旧。我熟识它们的一切。只需轻轻一弹，它们就会还原那些曾经的色彩，漂溢出那些缱绻的亲和之音。小时候，我经常盯着照片遐想，企图发现藏匿在影像背后的清新与私密。

最早的一张已十分黄旧，背后标有"一九五二年一月十八日"字样，是三寸黑白照，也是拍摄于照相馆的正规照片。站在照片里的青年军人眉清目秀，肤色细润，脸颊泛着柔和的肉质光泽，自信，青春。我想，它可能是用当年的修相技术在底片上加工后洗印的，不然不会那么清晰那么层次递渐，反差适中。青年军人身着老式棉军服，侧身而立，双腿呈微叉状，显示着男子汉的威严与顶天立地。军人最英武的一面被摄影师表现得淋漓尽致——那老式棉帽上的"八一"五星和左前胸"中国人民解放军"标牌，都炫示着那个年代边防军人的潜在自豪。我想，也可能它是一幅临时而为的照片，因为青年军人穿的是一身旧军装，那肥大宽松的棉衣上，有无数横竖交织的褶纹，并且极深，尤其那膝关节拐弯处，更是交错纵横，如若没有脚上锃亮的黑皮鞋映衬，就无法辨认出是一位军人，倒像个地道的农民。是的，上世纪四十年代末，解放军大多都来源于农民，他们都是从烟雾弥漫的战场的尸体中升长起来的农民军人。他们用拿锄把的手掀翻了蒋家王朝的病体。

照片上的军人不是我父亲，他应该是父亲的亲密战友。我想。一九五二年一月十八日是他与父亲分别的日子。他转业了，退伍了，复员了，也可能调走了，总之，他留下了这张三寸全身像。他把他自认为生命中最得意的形象留给了父亲，希望父亲铭记他。

父亲显然做到了。除了日期，父亲还用钢笔写下"摄于伊犁惠远古城"的字迹。这是父亲刻意记下的，它潜伏着深邃又多重的意味。惠远，那是一个在大清王朝乾隆年代就设置有军队的边陲重镇。父亲在那个叫惠远的地方镇守边关十六年之久。清王朝时，惠远曾经是著名的西域首府，设有正一品高官——伊犁将军。它一七六三年兴建于伊犁河北岸，是乾隆亲赐的地名，取大清皇帝恩德惠及远方之意。林则徐和左宗棠就曾被惠及到这里。小时候看赵丹演的电影《林则徐》，结尾时林则徐凛然地走向西方。父亲说，林则徐就到我们惠远来了。我惊讶地问，林则徐住哪栋房子。父亲说，在东街。我就偷偷去找过几次，试图找到林则徐的只鳞片爪。我很徒劳。父亲在苍凉邈远的惠远十六年当中，从机枪手、炮兵班长、排长、连长一直干到营长，直至一九六五年离开。我清晰地铭记着那些依旧灵动的岁月，它像天幕一样印刻在了我幼稚的虚怀之间。

这个站立的惠远军人，我并不认识。一九五二年还没有我。我设想着他与父亲一同站岗的细节。父亲那时已经是排长了，不过父亲扛机枪摆弄子弹的经验却来自这个清秀的老战士，他曾教给父亲一些动枪的细节。在惠远那个天寒地冻的早晨，他们出操了，老战士说，戴上手套，不然钢壳就会粘掉手指的肉皮。老战士说得很随意，却充满真情。我想，这个老战士也许姓章，也许姓欧阳，也许姓郗。总之他成了一个谜。从黄旧的相纸与退了色的笔迹分析，他与父亲有一种刻骨铭记的关系。也许就是他救过父亲的命。父亲曾说,解放兰州战役中,在祁连山的某个断崖上,父亲的腿曾被子弹打过两个窟窿,是一个姓郗的战友背他下的山。也许他就是那个姓郗的老战士。

三

父亲也有一张那个年代的青年免冠照。二十郎当岁的父亲样子挺可爱,阳光,帅气,浓黑的头发像焗过油一般。当然,那时父亲不可能焗油——父亲的头发在他七十六岁时仍然是全黑的,它让我很蹊跷。我在四十二岁那年鬓角就开始变白,我非常窝火,我不知道我的头发为什么没有随父亲。父亲的浓眉呈大刀状,眼窝有些微微凹陷,刚毅,智慧,英俊。我小时候看父亲这张照片,脑海里总会冒出一个"英俊"的概念——父亲多英俊啊,我会这样自言自语。那时我八、九岁,知道一个叫王杰的解放军战士、一个叫刘英俊的解放军战士和一个叫门合的解放军教导员。部队大院的孩子知道最多的当然是部队的事。王杰身扑炸药包救民兵牺牲了,刘英俊拦惊马救孩子被炮车压住牺牲了,门合为保护群众也扑到炸药包上牺牲了。我被他们的事迹撼动着,也时刻想为人民献身。我这点高远又傻气的想法,隐藏在心底许多年。我认为刘英俊的形象洒脱英俊,与他的名字和英俊的外表很吻合。而王杰就没有那么英俊,虽然他也是英雄和榜样。门合没见过照片,不好评价——这又是我一个无知童孩不洁的想法和低级审美观。但我觉得父亲很英俊,他一点不比刘英俊差。父亲只要站在一群军人中间,我总能第一眼认出他,他不仅高大魁伟勇武,而且英俊。那时我经常会长时间地看父亲的照片。父亲在合影集体里，炫亮，夺目，有一种与众不同的风韵和气度。

写有"一九六三年八月"落款的照片也是父亲的笔迹。父亲是农民的儿子，他没有上过一天学，他所有的文化都是十八岁参军后在部队学的。那时父亲在野战军第六纵队的第一线，参加了西府陇东战役，后来跟随彭德怀司令员参加了扶郿战役，歼灭了胡宗南部，又攻打了兰州。父亲常说，部队是个大火炉，是熔炼人的地方。那一年，父亲的军衔是大尉——看到照片，我仿佛又看到了父亲当年的样子。那是一帧七人照。父亲在前排坐着，表情定格在抿嘴即将大笑的一瞬间。那个瞬间定格了父亲许多内涵。英俊、硬朗、活力、健康、磊落。夏日正午的树荫下，一位军报记者在采访父亲的模范连，父亲作为一名炮兵连长，带队伍很有一套。记者认为还需要一张连队首长的集体照。这个七人照片上，另有两人与父亲的表情一模一样，也定格在同样的抿嘴表情上。我猜想，他们和父亲一样，是被军报记者逗乐了，但并没有笑出声来。他们也同样充满阳光，充满爽朗。他们俩军衔分别是上尉和中尉。当年我甚至能叫出他们的姓名，但现在一点想不起来了。照片上还有一个细节值得注意，七人中有五人的军帽色泽已退成了白色。那是伊犁盆地夏日酷暑暴晒的结果。父亲的军帽当然是最白的那一顶。因为父亲常年带战士在野外训练，摸爬滚打，上哨卡，种地，甚至长途拉练。那时父亲常常不由自主地哼一支叫《毛主席的战士最听党的话》的歌曲。父亲认为毒烈的太阳只能烤白鹅黄的军装，却烤不白他健壮而透红的皮肤。白色军帽意味着父亲是一位勇武且吃苦在前的典范连长。

四

"分别留念"的照片最多最抢眼。它们一张张叠加着,被留存在了纸包深处。其实那一瞬间,它可能就阐释了它的主人将永远不会再出现再见面的现实。那是一份痛苦永别的留念。他们都是父亲的战友或士兵。他们来了,他们又走了,只留下了身影,只留下了回忆。他们是陕西人,山东人,甘肃人,河南人⋯⋯他们或许是从最贫瘠的黄土坡梁走来的;或许是从沂蒙山区的沟壑里走来的;或许是从华北平原的小村庄走来的⋯⋯他们服役,扛枪打仗,也学文化学做人,并且成长了。但他们又该走了。他们就是古训"铁打的营盘,流水的兵"的践行者。

一九六五年的照片居多。这一年父亲调出原来的部队,被安排去组建一个新的炮兵单位。今天我无法揣测父亲当年的心态——新的环境将如何面对,又如何适应?但父亲服从了组织,只身一人调到了完全陌生的新兵营。于是,战友们就纷纷给他送照片。他们是一起摸爬滚打过多年的战友。

照片背面的文字都十分简练。主题直奔主人心境,虽然字体字迹各不相同,但真挚,怀旧,温馨——"送给老首长赵副营长留念","送给敬爱的首长分别留念","送给亲爱的副营长留念"⋯⋯落款分别是"你的战友陈恢白"、"你的战友黄锡安"、"战友王应栋"、"战友闫明义"、"战友康炳南"⋯⋯

留念,留念,分别留念。留念就是留下念想。这个念想可能今生今世就只是念想了。从此天各一方,再不相见。以当年的交通条件,父亲的新兵营距离老兵营一千多公里,分别几乎就是永别。军旅生涯就这样冷酷，你必须在变幻和不确定中适应这种人生的变数。父亲说，我适应新环境能力很强，请首长放心。看着照片，我恍惚又听到了父亲极富磁性的声音。父亲的嗓音洪亮、清脆、磁性。我认为我的长相不像父亲，但我的嗓音却酷似父亲。这是我最骄傲和自恋的资本。很多次打电话，总有女士说，你的嗓音很磁性，很有男人魅力。有一位美女作家曾说，你的声音太男性了，我很想见见你什么样。然而，当我们真的见面后，她却没有提此事，好像早就忘在脑后了。我挺失望。不过，我为有父亲这个特别遗传而庆幸。

父亲的声音会传导得很远。我曾多次在数百米之外就分辨出父亲的咳嗽声。我对母亲说，爸爸今天要回家。母亲愕然地看着我，以为我在说胡话。果然，十分钟后，父亲就进门了，带回一股热气腾腾的暖意。那时父亲通常住连队，很少回家。他每晚要查房，查岗，甚至给战士掖被角，盖大衣。虽然我家也在营区内，但父亲最多两周回一次家，而且夜里很晚很晚才回来。那时没有双休日，也没有长假。自我记事起，父亲就很少在家吃饭，一日三餐都在连队。

五

一九六八年是奇特的一年。这一年父亲经历了两件大事。那同样是两张极有分量的集体照。父亲后来常常会端着小酒杯回味那一年的往事。父亲啧啧地喝着酒，利落地夹菜，利落地送到嘴里，然后就有很响亮的抽筷子尾声，让人觉得他的饭很香。我曾许多次屏息静气观察父亲的这个举动，企图效仿一下，但总也没有那种愉快的尾声。父亲即便是吃最家常的萝卜白菜，也会如此这般地让人羡慕。

第一件事是父亲见到了毛泽东。那一年我十岁，清晰地记得父亲回家的兴奋与欢悦。父亲说着在北京的感受，如一个童孩。父亲说，毛主席魁伟高大，精神抖擞，脸上放着神采。父亲还说，林彪就没有那样的气度，不过他打仗还行。父亲说这话时就吃着土豆丝，味道很香的样子。我们——母亲、我、大弟、小弟就很崇拜地盯着父亲的嘴。那一年，"文革"进入了白热化程度，也是最波澜壮阔和汹涌澎湃的一年。林彪别有用心地推崇着"万寿无疆"的把戏，形成了一种山呼海啸的气势和模式。我在纪录片上经常看到那种沸腾场面。我激动万分。后来父亲又数次给母亲和我复述过北京的细节，也多次重复过一句话：主席真是一个伟大的人。我知道，父亲说这句话是有根据的，父亲从来不表扬人，包括对上级首长，也不阿谀奉承。那一年是父亲作为部队团以上干部代表进京接受毛泽东接见的。从北京回来后，全师受接见代表在乌鲁木齐"八楼"合影留念。"文革"期间，"八楼"是新疆第一高楼，也曾经有许多年，它一直占领着新疆楼房的最高点。那是一幢庄重威严又令人敬仰之楼。歌手刀郎后来唱过一首流传甚广的歌曲叫《二〇〇二年的第一场雪》，里面提到了"八楼"，如今它叫昆仑宾馆。虽然，如今它早已被林立的高楼所湮没，但威严依旧。后来，我几乎年年来这里开会，我不叫它昆仑宾馆，仍然习惯叫它"八楼"。

　　父亲站在第三排靠右的位置上。在百名军官队伍里，父亲很醒目，很英武。我一眼就能找到他的身影，也一眼就能看懂他的内心世界。虽然照片上也有许多我熟知的军官，他们大多是我同学的父亲，但我总觉得只有父亲光鲜，俊朗，骁勇。草绿的军装笔挺着，帽徽闪着熠熠的亮光，它们衬托出的是父亲独特而别有一番滋味的风韵。

父亲头顶是一幅抢眼的横幅，写着黑体白色美术字——"最最幸福的时刻，我们见到了伟大领袖毛主席。1968 年 8 月 11 日 16 时"——多年后，我偶然翻阅《中国人民解放军大典》一书，"文革"军史大事记一章里说：一九六八年八月十一日，毛泽东在北京接见了解放军六地区陆海空三军毛泽东思想干部学习班全体人员。大典上还说，这一年，毛泽东分别接见过三次军队干部，总人数超过五万。我想，毛泽东这一年太辛苦，日理万机不说，还三次接见几万干部。我十分羡慕和敬仰每一个在天安门广场热泪盈眶的人。父亲见到了毛主席，就像我也见到了一样，十岁的我感觉很得意很幸福很傲慢。毛主席不是谁想见就能见到的。我为有这样一个光荣的父亲血液沸涌了很久。

父亲从北京带回了我终生难忘的两个记忆。一是北京特产"茯苓夹饼"，二是北京故宫紫禁城。茯苓夹饼是一种薄纸一样的食品，中间夹有一种深褐色甜软食物，很特异，很好吃。那是一种可食的"纸"。我品尝它奇怪的"外衣"，也记住了它的奇妙的名字。长大后我只要到北京，就会购买这种可清火、可明目、可明智的食品。二〇〇六年冬天，我去北京参加全国文代会，会后抽两天回河北看望父亲，还专门买了几盒茯苓夹饼。

我说：爸，我们第一次见到它，就是您一九六八年带回新疆的。父亲笑着说，是啊，三十八年过去喽，现在我传给你啦。我说：您曾经说，这物件能通气，活血，理气，明智，是好东西。父亲说，是吗？我真的说过吗？我说，是，不过现在包装好看了，可味道不如从前好吃了。父亲拿了一片茯苓夹饼，品吃了一会儿，才说，对，好像味道不如从前了。

听父亲说故宫，对于我这个视野仅在古尔班通古特沙漠圹埌之地的孩子来说,简直就像听天书。父亲一边吃着苞谷面发糕,一边对母亲和我说,故宫里很大,一天也走不完,有太和殿、中和殿、保和殿,有乾清宫、坤宁宫、储秀宫,是过去皇帝、皇后和妃子们居住的地方。我无知而惊讶地问父亲,什么是妃子?父亲停顿了一下,说,就是皇帝的小老婆。我似懂非懂,老婆就是老婆,难道还有大小之分吗?不过我没有打断父亲对天堂的描述,我只是在自己心中营造了一个奢华皇宫里烟雨缥缈的故事。我想,这辈子我也要去故宫看看,看了我就知道是多大的房子,需要一天还走不完?也就知道什么是小老婆了。父亲还告诉我们一个细节——故宫是从天安门城楼的大门进入的,我惊奇无比——天安门不是毛主席接见人民群众的地方吗?怎么是古代皇帝的宫门呢?天安门这个辉煌而崇高的地方,是祖国心脏中的心脏,如一片虹霓,高高悬挂在我的心头。毛主席就站在城楼上挥手指方向。可我没想到,它居然是过去昏庸腐败帝王的家门。我悲哀了很久——这就是我这个洪荒、封闭年代孩子的可悲之处。这个可悲的疑问曾经潜伏我心底许多年,如同一个死结。

　　一九六八年,父亲的另一件大事,也是让我自豪一生的大事,这一大事载入了父亲彪炳史册的经历,也是我对父亲仰慕和折服的另一个精神亮点。这一年父亲受命到一个叫精河的天山北坡农牧业县"三支两军"(支左、支农、支工、军管、军训)。父亲"军管"了精河。父亲准确的职务是精河县革委会主任。那一年父亲三十八岁。现在想来,他太年轻了,也太稚嫩了。妻子说,我印象电影电视剧里的革委会主任都是那种很坏很狡诈的人。我说,那是他们瞎胡扯,那时还有很多忍辱负重的好干部。县革委会主任相当于县长。那照片是一张九人集体照,是当年革委会班子成员的集体照。

隆冬时节，父亲与其他革委会成员身穿五花八门的皮大衣、棉衣，头戴棉帽子，也分别是那种栽绒的、狗皮的、羊毛的。只有父亲一人是戴领章帽徽的军人。父亲身穿棉军服，整洁，威武，从容，洒脱。我以为父亲真正洒脱的标志就是棉军帽。那是一种羊皮制作的棕色皮帽，羊绒蜷曲着，呈现出温暖柔顺的样子，很像一个保暖的小火炉。这种棉军帽，我曾经戴过多年。我们野战部队军人子弟在小学时就开始享用这种特殊用品了。那时天山北坡的冬天异常寒冷，大院里的孩子们都会使用父亲们积压节省下来的棉军帽、棉手套和大头鞋。那时这种福利也是我们唯一可以享用的优厚待遇。年年冬天，我们数十个孩子们就穿戴着它们，玩打仗，打岔岔，滑冰，或者去红柳梭梭林里打柴禾，套野兔。那时野战部队的物品是地方老百姓最羡慕的高档奢侈品。我曾经偷偷用一双军用皮手套换过一个爬犁和一只野兔。我始终未敢把实情真相告诉父母，那也是我迄今为止犯过的最大错误。爬犁和野兔都拿回家了。我和两个弟弟坐爬犁在雪野上奔跑撒欢，然后就吃母亲做的野兔肉，那野兔肉与鸡肉同煮，味道十分鲜美。至今我仍然能回味起当年我饕餮野兔肉的情景。

　　那时，北疆冬天的积雪很厚，雪没膝盖是常有的事。用爬犁滑雪就成了我们最大的乐趣。父亲的大皮帽子戴在我的头上显得很松垮，动不动就遮挡住双眼的视线，我于是就有一个上推帽子的习惯动作。那动作后来多年不改，戴单帽子也会不由自主地推。不过，我没有不适的感觉，我觉得我的棉帽子很合适。那时小孩们还会互相攀比帽子质量的好坏，说谁的羊绒顺溜，光滑，谁的羊绒龌龊，肮脏。滑雪滑热了，我们就摘下棉帽子，于是就有一股热腾腾的水汽氤氲地在我们头顶升起，如一个烟囱，白晃晃的阳光射洒在雾气上，如一条升腾的白霭在头顶漂移，很是艳美。

那个冬天，父亲就一直在那个叫精河的县城忙碌着，春节也没有回家。虽然我家距离父亲的县城仅仅一百多公里，但父亲就像进入了痴迷状态一般，忙碌着，总是说在组织"两派"群众大联合；总是说在访贫问苦；总是说在安排知青到村里插队落户；总是说在修一条叫南干渠的引水大渠。

寒冷的十二月八日，精河县城广场聚集了数万群众，父亲的忙碌有了成效。精河县开始欢庆"两派"群众实现大联合——"革委会"正式成立了。父亲被任命为革命委员会主任。那时，"革委会"均由军队代表、干部代表、群众组织代表"三结合"而成。它取代了早已名存实亡的县委和县人委的职权——那是由"文革"的"动乱"走向好转的重要一天。现在看来，它可能还藏匿着诸多的瑕疵和可悲可叹之处，但它却带有那个时代的不可磨灭的光点。父亲夜以继日工作的回报是——头发莫名地脱落。当我在十个月之后见到父亲时，他的头顶居然秃了。他变成了另外一个父亲。一缕缕头发在清晨的枕边呈现窝巢状，如废弃的鸟巢。父亲爽朗地说。父亲说着就用手缕梳着头发笑笑又说，哈哈，这一年掉的头发盛过过去十年的总和。父亲后来就不笑了，一边嚼着苞谷面发糕，一边深有感触地说：农村苦啊，老百姓苦啊，有的老百姓家里所有物品也就值五块钱，甚至还不到五块。父亲说着，表情就有些酸楚，让我感到那酸楚既无奈又力不从心。那酸楚也勾引出我的眼泪在我幼小的心灵里打着转。我默默组构着那个老百姓家里的样子，很恐惧。我想，新社会了，五星红旗下，怎么还会有这样贫困苦难的老乡呢？父亲那酸楚无奈的神情让我铭记了四十年。我知道，我肯定还会再铭记下去，直到我的肉体消亡。

照片上，身穿棉军装的父亲有些雄心勃勃。他是革委会集体中个头最高最魁梧的一个。紧挨父亲站立的是一位少数民族干部，方脸，高颧骨，黝黑，粗壮。另一个年轻人，在灰黑色照片中脸部显得过于白净，并且消瘦，与实际年龄很不匹配。还有一个中年妇女，略显土气，但敦实，质朴。

六

犹豫了很久，我终于下决心将照片装进了我的背包。我看了一下母亲。母亲没有反对，母亲似乎希望我拿走更多的照片回新疆。

辗转数载之后，我奇迹般在精河县找到了一位当年与父亲共过事的干部，他已经是一位耄耋老者。观察了我很久，他才蠕动着褶纹稠密的嘴唇说，像，还挺像赵主任，只是皮肤比赵主任要白一些。我说，我的肤色随我母亲。

老者指着照片说，你父亲左边站的是蒙古族副主任巴德曼，右边的年轻人是群众组织代表副主任陈清甫，那女的叫邱忠和。我惊讶于这位白发老者的记忆力。他如脱口秀一般，快捷准确地说出了他们的姓名。

老照片没了。它们像一个断带，隔断了以后的岁月。我觉得蹊跷，问母亲，母亲说，后来你爸去黑山头带人施工，到九工区施工，都没有留下照片。那时候，施工也都是保密的，你爸没有……带回一张照片。母亲红肿着双眼，不住地用手擦眼泪，我发现母亲苍老了许多，皱纹也更加浓密了。我知道，这是父亲离世，母亲心力交瘁的结果。我不再问母亲。

父亲转业回河北后的照片就基本是我探亲时拍的照了,那都是些彩照。第一次使用彩色胶片是一九八三年,我用海鸥 120 双镜头反光相机,在石□铁路线的铁道上为父母拍了两人的合影。我很稀罕铁路,那时我所居住的准噶尔戈壁小城还没有铁路。父亲笑呵呵的,很知足的样子,比在新疆时瘦了但很健康。照片现在看来有些灰雾蒙蒙,色彩还原得也不够真实。冀中平原的阳光似乎缺少准噶尔戈壁大漠的通透与旷远。因为是彩色的,我没有把它们划归老照片。

　　只有年轻英武的父亲还长留在我的胸间,定格在那些老旧照片上。仿佛,父亲的肉体依然存活着,在冰凉通透的阳光下,迈着那种坚定的步履,并且老远就能听到他那响亮而磁性的声音。父亲永远呼吸着那些年轻而清新的空气。

唐朝渠:随风远逝的拓印

一

我踯躅在荒野上,心底一派苍凉。

深秋,面对阿尔泰山的金黄诱惑,我没有动心,我执拗地思念着另一个地方。婉拒了朋友的邀请,我独自走进这片寂寥、悲怆的荒野深处,这片废弃的影影绰绰夹裹着惆怅与忧凄的历史暗影深处。

舌尖弹射着三个既陈旧又清新的汉字,灵魂里揣摩着潜伏已久的暗示——唐,朝,渠。它从我胸膛中拼发出来,一字一字犹如沉重的铅块,咚咚作响。它在我胸腔里已经积攒了十七年,沉重着,古旧,凄迷,让我心猿意马又漫溢想象。曾经有许多次企图利用星月朦胧和孤寂凄清来描摹它的体貌,但终因力不从心而放弃。

唐朝渠,就这样秉持不变地纠缠我,让我寝食不安,也让我梦游般走进那亘古又氤氲的过去。

那个过去神秘、拙朴、凄美,花枝招展,雄壮悲烈。那是一个羌笛、琵琶、箜篌、觱篥交相鸣响的时代,也是一个丝绸、花钿、剑戟、紫绢琳琅满目的时代。那是大唐王朝——辽阔的荒野上,烽燧,马蹄,古刹,冷风飕飕,硝烟弥漫;渺幻,鬼魅,怅婉,孤烟落日演绎出一阕地动天摇的谶歌。轩敞的大厅里,孔雀明灯,莲花铜盘,身着薄衣的宫女款步而舞;柔软的腰肢,如云的鬓发,五彩的流苏,飞旋的逸韵;袅娜,舒缓,若隐若现,仙气盎然——我的思绪常常摇曳出这样一组古色古香又美轮美奂的画面,它穿透了时空,穿透了我俗不可耐的灵魂,真切伫立着,无法放弃。

严格地说,这苍灰的大渠是普通的,它松软,塌陷,细沙漫漫,浮尘、碎石夹杂,脚踩下去还会踩出深深的脚窝,一点没有伟岸与尊严。既没有坚固护堤,也没有石砌的渠道,更没有一脉澄澈的流水,但,它却笃实地呈现在准噶尔盆地一千三百年了!试想,在遥远的西域,在残阳如血的旷野,在被称做"边关"、"胡地"、"橐驼"、"西风瑟瑟"的地方,一千三百年前,居然修筑了这样一条可以导引清澈河水,可以灌溉万亩良田的大渠!贫瘠焦渴的土地上,它怎么就生长出了黄澄澄的小麦、谷子,殷红的高粱和金灿灿的玉米?

惊愕,询问,疑惑,我静默无语,忧心忡忡。

历史遗迹总是留给帝王将相和名门望族的,抑或也总是留给达官贵人和才子佳人的,他们的功绩与显赫名声总是被后人津津乐道,但黎民百姓所筑造的历史踪迹,却总是极难寻觅,既不足挂齿,又微不足道。

荒芜,空寂,邈远,我目光所及之处,散射着凄凉和凄切,我阵阵隐痛。踯躅着,我没有看到生命可以坚守的迹象。但是,这条硕大的渠道,残留着渠埂,隐现着水流冲刷的痕迹,复述着曾经的煌煌过去。它意味着大渠曾经喧闹,繁缛,也曾经绿荫萋萋,水草丰沛,犬吠鸡鸣,马嘶牛哞。

二

　　我看到了白色碱土,它们虚浮地散落在沙土之上,如一层白色浮屑。这种白碱表明它的土质盐碱化程度极高,足以毁灭那些稚嫩的蔬菜和庄稼,也足以让那些脆弱的生命消隐逃遁。渠埂时不时被沙丘遮盖掩埋着,那沙丘面包状静卧着,庞大,柔软,细密。一阵西风掠过,细沙就长蛇一样爬行,如齐整的灰蛇阵,逶迤曲折地伸向远方,蔚为壮观。

　　渠边斜杵着几棵粗硕的胡杨尸体,枯朽,扭曲,破败,用手捏一把树干就变得碎粉,完全没有结实的质感。胡杨是沙漠中最坚固隐忍的树种,也是喜沙、抗寒、耐旱、耐盐碱的奇特树种。它被人们赐予了许多神圣、高雅的隐喻。但眼前这些虬龙状的老胡杨,却实实在在失却了当年的风采。在漫漫岁月磨砺,浩浩黄沙覆盖,狂风肆虐,酷暑干旱面前,再坚忍顽强的生命也会死去。当年,这一片胡杨,曾经是这条大渠边上繁茂、葱翠又密集生长的一道风景。

　　十七年前,我第一次来到这个叫唐朝渠的渠边时,我惊愕了。我还见到了另一种奇特的树,一种在沙漠地带极难根植的树——柳树遗骸。它们多株簇拥着,如一个繁盛的家族。我知道,柳树是一种随人行走的树种,或者说是由人栽种家养化了的娇贵树种。可我却真切地在荒野沙漠深处见到了它。古河道边上,竟然有数十棵柳树树桩倒覆着,树干龟裂,粗糙,躯体衰朽不堪,但,依稀还能辨析出当年的风韵。当年,在这样一片黄沙弥漫的蛮荒地带,竟然有人栽种了这些从嘉峪关内,从八百里秦川,从西湖岸边引入的垂柳,它们依水而居,随人而存,竟然在干渴灼热的土地上撑起了一片绿荫。

我诡异地推测复原着那张模糊而久远的画面。

张平说，这些老树最少存活了五百年。张平是新疆考古研究所研究员，考古学家，对西域汉唐古迹稔熟于心，并且有自己独具慧眼的真知灼见。他对乌孙土墩墓、唐代安西"故达干城"、若羌石头城、龟兹低温色釉陶器、青铜器、元代文书等等，都有精到、缜密的研究，他的精辟阐述使我对他仰视和钦佩。我在与我追逐的准噶尔城遗迹的探讨中，在与张平研究员的滔滔不绝复述中，看到了幽远朦胧的薄雾，飘荡的钟声，深邃的古塔，肃穆的祈祷，以及苍茫，衰颓，漫漶和绵绵永恒。

二百年前的大清乾隆年间，这里也曾炊烟袅袅，香火旺盛。茂密硕大的柳树冠下，聚集着一群乘凉消暑的妇女和孩子。妇女们用棉麻线一针一针地纳鞋底，她们边纳鞋底，边用改锥的针尖在头顶轻轻挠几下，以增加润滑。她们还会将白皙硕大的乳房掏出来，伸向哭泣的婴儿，然后继续说笑。她们说东家长，西家短。她们时常说得斜阳西坠，斑鸠哀鸣，说得绿叶由青翠变成金黄，沙枣由花香袭人变成果实累累。河水静静地流动着，时不时有无鳞裸鲤和大头黄鱼倏地划过，敏捷地躲进葳蕤的水草深处。白光在水面粼粼闪烁，如无数个明晃晃的小太阳耀眼而刺目。

杨嫂是这堆妇女中出色、坚韧的女人。她微胖敦实，泼辣干练，有凝合力和向心力。她操一口甘肃河州口音，她的威信大部分来自她纳鞋底与做饭的出色。杨嫂收罗起那些旧布碎片，一块块地集结起来，使它们变成色彩斑斓的花鞋底。那鞋底，经过杨嫂一针针一线线穿越，变得坚硬而扎实，穿在脚上就能轻盈地走戈壁、荒野与大漠。于是女人就簇拥着她。杨嫂的手擀面、包饺子也极为拿手。杨嫂擀一张面,薄如宣纸通透照人,且刀工细腻,切出的面条细如银丝,齐整有序,宛若艺术品。

杨嫂周围就聚集了这样一群朴素贤惠的女人。她们麻利地拾掇房子,自制衣物,喂有芦花鸡和看家护院的四眼狗。杨嫂的男人去种地、打猎了。在她家土坯房不远的沙丘后面是青翠的庄稼地,地里生长着小麦、玉米和棉花。每每看着那些波峰浪涌的绿色,杨嫂男人的心情也会像绿浪一样起伏潮涌。大片大片繁茂的庄稼,浅绿、油绿、灰绿,波峰浪涌,令人心潮起伏。杨嫂男人不光带两个儿子种地,时常还去沙窝子、白梭梭林、柽柳林里打猎,那里出没有野兔、黄羊、野猪、沙狐和灰狼群。打猎是他们生存的另一种方式。

其实杨嫂是张平研究员描述给我的一道虚拟风景。那风景被我卑微地进行了改装,添油加醋地注入了一些形容细节。但杨嫂的举止是有出处的。她的复原活动均来自一个硕大的青花瓷碗,那个瓷碗上清晰地镌刻着繁体汉字"杨",而且刁诡的是,有一个小酒盅,也刻有朴茂的"杨"字。

三

大唐王朝贞观六年(632年)三月,地阔天空,万物复苏。西域准噶尔盆地积雪开始缓缓融化,虽然依旧冷风嗖嗖,可官兵们已开始对荒野深处的细沙土地进行勘测了。他们骑马前行,随身携带有营帐、铁铲和兵器。他们沿一条叫龙骨河的河道前行着,河道里有一些混浊的流水。暖气回升后,天山山脉中部融化的雪水就汇集到龙骨河里。水不深,也不急湍,河水从峡谷沟壑一路流泻下来就进入准噶尔盆地的平缓地带。这里沙丘、戈壁、沼泽、碱滩交织，时常有胡杨、柽柳、梭梭、芨芨草、骆驼刺等喜沙植物丰茂地生长，虽然土地松软，但富有弹性，肥沃，温和。官兵们看到了一片亮澄澄的湖泊。他们兴奋无比。因为那里有红嘴鸥、燕鸥、苍鹭、白鹳和赤麻鸭，有砾石，蓬蒿，甘草，芦苇，也有霭气笼罩下的露滴。湖水里游动着大头鱼、小白条和五道黑。这湖泊就是后来的阿雅尔淖尔，白亮，阔大，碧波荡漾。于是，官兵们就在离湖泊不远处，确定了开垦引灌的渠道，从湖泊里引水，浇灌那些亟待开垦的大片处女地——屯田。

这是一组被历史烽烟掩盖许久的真实画面。

自西汉张骞通西域以来，人们就一直通过由长安、洛阳西出中原，再西出玉门、阳关，走伊吾、木垒、北庭、轮台至碎叶的天山北道丝绸之路，最后进入欧洲的古罗马、古埃及、古希腊以及后来的拜占廷。那是一条驮运中国丝绸、香料、宝石、茶叶、药材、瓷器、葡萄美酒和女奴嫔妃的大道。于是，在准噶尔盆地的荒野上就出现了一个个绿洲和村落。这些村落，就与官办驿站、屯城、营塘和守捉一起，迤逦地撒落在戈壁荒漠和空旷的蓝天之下，如一串闪烁的碧珠。

公元 640 年，官家又在准噶尔盆地边缘以北庭大都护府为中心，成立了天山军、瀚海军、静塞军、清海军等五军，兴建了神仙、蒲类、郝遮、碱泉四军镇，还建有沙钵城守捉、冯洛守捉、东林守捉、西林守捉、赤亭守捉、独山守捉、黑水守捉等十四守捉，煌煌西域，人声鼎沸，仅北庭戍守驻军就达一万二千人，其规模之大难以想象。这些官兵、家眷、商人、使者以及马匹、牛羊都需要大量粮草，于是就必须"蓄积本业，益垦溉田，稍筑列亭。"屯田就演化为历史的必然，也为巩固大唐雄风奠定了基础，它们最终构成了唐朝西域繁荣和延续的盛景。《唐六典·屯田郎中》说，"安西二十屯，焉耆七屯，北庭二十屯，伊吾一屯，天山一屯。"一屯即为五千亩，十屯为五万亩，二十屯就是十万亩。近三十万亩，那是一个多么辽阔又旷远的恢宏场面啊。试想，开垦三十万亩良田需要多少人力物力？需要多少军屯、民屯，甚至遣屯人员？这难道不是一个让人振奋又匪夷所思的盛景吗？

当年，在北庭大都护府这个掌控有十万亩屯田的广袤准噶尔荒野上，有一隅尘土飞扬烟火繁盛的景象是不容置疑的。沿龙骨河（后来的玛纳斯河）流域，凝析出一座座散落的城镇乡村，驿站，营塘，守捉，看到"禾菽弥望"，人欢马叫，炊烟袅袅，也是汉唐遗韵在西域传递的真实见证。于是，在那些知营田事、营田使、营田副使、屯主、屯副的掌管下，开荒屯田，造渠建坝，引水灌溉，治理黄沙，营造出一片农耕繁忙的文明场景也不足为怪了。于是一条条被开凿出的大渠就在荒野与沃土之上形成了，莽莽苍苍，横空出世，宛如一条条威武的巨龙，让人欢欣与浩叹。

这显然不是一个由我主观臆想的场面，它其实从唐朝的贞观初期就呈现了，或许在更早的汉武帝时期、隋炀帝年间就已经"因戍兴屯"、"大开屯田"、"逗渠溉田"、"屯田积谷"了。只是，我还没有查阅到更为详实的历史资料，但我深信，我没有查阅到，不一定就没有历史存在。我其实也不想进一步深查。我查清楚查不清楚都不能代表那段历史的绚烂过程。其实，人类早期的大量史料是没法存留的，文字也无法记载那么详尽。我更相信我的直觉，历史就镌刻在煌煌而悠长的岁月史册上。历史就是历史，历史不容随意篡改和抹杀。

四

呈现于准噶尔盆地的唐朝渠,就是这样一条背景鲜亮又史料模糊的大渠。

唐朝渠的功绩不必让我再做枝蔓繁缛的描述。它就是一条由一代代大众百姓口传至今又享誉千秋的辉煌渠,就是一个西域传奇。不是杜撰,也不是茶余饭后的闲扯。它笃实地存在过,百姓才会传颂它,铭记它,复述它彪炳千古的细节。这是一个长达千年的缅怀,饱含着忧郁与沧桑,弥漫着曲折与磨难。斑驳、坎坷、迷离、复现、再生,我相信它是一个渐行渐远又跌宕起伏的漫长过程。

在盛唐那个繁花似锦的年代,一队人马,在一场略显忧伤的送亲便宴之后,就踏着黄昏血红的暗色,离开了他们熟识的巷陌宫阙和深宅大院,一路向西踏歌而去。车水马龙,簪缨锦袍,铠甲玉带,好一派银辉闪闪、尘土弥漫的壮观场景——夜风缓缓抚动着关中大地,城垛,烛光,流苏,渐渐远去了,近旁不时有蟋蟀、夜鸟清脆的鸣叫,路途有嵯峨起伏的峰峦,有长蛇般熙熙攘攘的队伍,但,也掩饰不住深藏的寂寥、幽怨与凄凉。这队人马里,有流放名士,有官宦兵丁,也有家眷——女人和孩子。他们大多身强力壮,有志向高远者,雄心勃勃者,也有心怀不满者,更有为生活所迫和无奈者。他们是漫漫戍军戍边生涯的一个符号,也是被我这类少见多怪者真情缅怀和回眸仰望的逝者。

唐朝渠的历史踪迹,在后来的史书、方志、游记、档案中时隐时现,历久弥新,让后人追溯、猜测与琢磨。《辛卯侍行记》、《新疆图志》、《旧刊新疆舆图》以及杨增新的《补过斋文牍》,谢彬的《新疆游记》,袁见齐《西北盐产调查实录》，倪超的《新疆之水利》等等，都简洁、吊诡或较为详实地记载了它的开凿年代、地理方位和历史兴衰。

清人陶保廉在光绪十七年（1891 年），撰写了随父陶模来新疆的见闻和行走纪事，是目前可查阅到的较早刊印文本，那是一部六卷本的新疆见闻。陶保廉的父亲陶模，曾任新疆巡抚数年，这个记载来源于陶保廉的实地考察和行走体验，真实、准确、温馨。陶保廉说，唐宗宝应元年（公元 762 年）以后，在"疑是西海县地"，"今绥来（玛纳斯县）西北青水河北之河北之清水峡有唐朝渠，近阿雅尔淖尔"。

《旧刊新疆舆图》记载，"唐朝渠自阿雅尔淖尔东北方向引出，东偏北流，长约十五公里，且东三公里处有驿站，名唐朝渠，位于绥来至阿勒泰的驿站上，北通乌纳木河（今乌尔禾），南通小拐。"

《塔城直隶厅乡土志》说，"阿雅尔淖尔，一名额彬格逊淖尔……绕淖尔东岸即唐朝渠，相传系唐代所凿，引淖尔水灌屯田者，今废。"

倪超《新疆之水利》说，大拐"附近有唐朝渠及准噶尔城，为沙湮没，但废沟残壁，犹可寻见。足以证明此地之农田水利，曾经兴盛。"

张平研究员说，这个大渠周边的细石器文化遗存、唐代遗迹和清代村落构成了它最为辉煌的闪光点——即人类遂水而居，屯田耕作的闪光点。早期的狩猎与后来的耕田，都是唐朝渠曾经兴盛一时的见证。张平还说，后来这里大量被发现的康熙通宝、乾隆通宝、犁铧、陶片、石磨盘、青砖灰瓦、酒杯、青花瓷碎片，更阐释了两三百年前，它的周边田地肥沃，草木饶衍，人丁兴旺的模样。

后来，我就摹学着考古学家的样子，装腔作势地在一个硕大渠埂的土丘边踱步了很久。我发现了异样。那土丘有人工打夯的痕迹——那是一个麦秸草与芦苇交织叠加而筑成的土丘，抑或是渠埂断层，麦秸中间有沙土石子，沙土石子上有芦苇，芦苇上又有沙土与麦秸草隔层。我知道，这种土夯结构墙体是西域数千年流传下来的建筑传统，它坚硬、稳固、耐用，不惧狂风暴雨，不惧岁月磨砺。小时候，我经常看见大人们用这种方式打夯建墙。

在清代村落废址上，这种打夯墙体也依稀可辨。虽是废墟，土堆，但可见当年方正的墙角、门洞及里屋内套模糊的影子。尤其是院墙，栅栏围筑的羊圈，马厩，还有喂马的马槽。那个刻有"杨"字的青花碗残片，就出自围栏不远处。

其实清人杨嫂不仅是一个开朗、泼辣的中年妇女，也是一个治家管家的好手。她纳鞋底与擀面条的手艺，我们已经领教过了。她还会跟随丈夫杨先生去打猎，用箭射死野猪，用套子套野兔，意外收获让她亢奋而充盈，也让她悸动和快慰。应该说，农耕与狩猎是他们丰实饱满的平民生活写照——我沿着一条臆造线索寻找着，我看见了意趣盎然和萧疏淡雅的图景。我用手挖出了栅栏边上数块青砖、灰瓦以及有缺损的石磨盘，还看到了堆积的羊粪遗迹。我甚至还看到杨嫂的两个儿子脚穿杨嫂做的坚固布鞋，走在放羊、拾柴、捞鱼的路上，他们还跟父亲到南边的绥来和库尔喀喇乌苏直隶厅购买食盐、茶叶与牲畜。

一天，张平研究员突然打来了电话，急匆匆喘息着说：听说遗址附近要建新机场，你见过规划设计图吗？一定要弄清楚，如果真在那里，就要设法修改设计，我也要找相关部门。

我惊了一跳。因为近几年我已不再关注那条渠埂和废弃的清代村落，我的目标转向了另一批更为古旧的恐龙化石，那些粗硕黄旧的恐龙骨骼，被挖一条当代新渠的人们发现后，运回，竟然堆放了整整一房间。那粗硕的骨骼化石，宛如一棵棵树干，斑驳，沧桑。张平研究员沙哑地补充说，古村落遗址可要好好保护啊！

我迅速找到规划设计部门，翻阅了图纸，分辨核实了具体方位，我放心了。我向张平研究员回话说：你怎么有这样的突发奇想？难道你真的不清楚那个遗址的准确方位？新机场离那里还很远很远。

张平研究员的话再次让我对这位考古学家充满了敬意。张平说，我只关注文化遗存，哪里还深究它的准确位置。遗存是无价之宝啊，不仅证实了新疆早期人类活动的范围，更证实了汉唐以来中央政权掌控西域的历史史实。唐朝渠与古村落民居虽然仅是一条渠，一个废址，但它们的价值深藏于历史烽烟的结点上，不可替代啊。

张平，一个对西域历史稔熟在心的痴迷者。

五

距离当下最近的文字记载是一个叫唐朝渠驿的驿站。它的准确方位有些扑朔迷离，文字表述也让我云里雾里一片模糊，就像悬浮在空中楼阁一样，令人费解茫然。每一本书，每一张地图都标注有看似准确却又恍惚游离的文字与数据，如一道道难解的谜。后来，我终于悟出了它的高深莫测与淡定儒雅。

我开始怀疑我脚下的土埂是否真的是唐朝渠？可转念一想，是不是真的唐朝渠就那么重要么？我自嘲地笑笑。在更早的汉武帝时期，这条渠就已经存在了，它兀立着，流淌着，时而急湍，时而平缓，带着混沌、清澈的流水，一直流淌至今，难道还有什么疑问么？我终于自信了，不再为书本上模棱两可的标注心痛。我知道，准确标注出它的方位是困难的,也是没有意义的。历史踩踏过就足够了。

"清水峡有唐朝渠"、"额彬格逊淖尔东岸即唐朝渠"、"唐朝渠东北流"、"渡达尔达木图河,至唐朝渠"、"城百里唐朝渠之东盐池"、"唐朝渠海子及绥来河东西两岸"、"百里,黄羊泉,百里,唐朝渠"、"唐朝渠一带古迹甚多"、"唐朝渠及准噶尔城为沙湮没"。"经大拐至唐朝渠,约一百公里"——不必再复述了。一条修筑于唐朝的渠,一条灌溉过小麦、谷子和玉米的渠,一条在大清王朝建有驿站、驿夫和驿马的渠,一条被我念念不忘又咀嚼有味的渠,它永远存留在大众民间的心灵深处。是记载,遗存,文明的精神指向,把它们连接在了一起。我慢慢读懂了它隐含的高远。

唐朝渠曾经是从阿雅尔淖尔(额彬格逊淖尔)引出的大渠。但后来,阿雅尔淖尔干涸了。阿雅尔淖尔曾经是一个很大的内陆湖泊,却走到了干涸的尽头。准噶尔盆地的酷热阳光,焦躁的空气和漫天飞舞的沙尘终于在二十世纪初吞噬了它。它没法再生存了,而伴随它苟延残喘的唐朝渠、唐朝渠驿、准噶尔城,也就失去了依存。沙尘荡涤,土地干涸,土匪骚扰,蚊虫肆虐,人们变得脆弱不堪,只得弃家而去。于是,沙丘变大,道路封堵,曾经横行的沙鼠也难觅踪影。西天弥漫的昏沙中,夕阳变得黯淡而凄凉。人们失望了,心灵在滴血。

阿雅尔淖尔为什么会干涸?唐朝渠为什么会一片荒芜?这个曾经有过热火朝天与蓬蓬勃勃,有过垂柳,沙枣花香,有过大片麦田和瓜地,有过马匹,羊群,鸡鸣狗叫和莺歌燕舞,有过佳丽粉黛柔软的步态,笙笛幽怨的乐曲和羯鼓明快的节奏的地方,突然就消隐了,如摧枯拉朽的迁徙,无影无踪了。剩下的只是满目疮痍、荒凉和悲悯。曾经的笑靥与欢歌,曾经的暗送秋波,面若凝脂与浮华,曾经的朴素淡泊,从容宽厚,都统统逃逸了,变成了漫漫黄沙,灰白的碱土,污浊的空气和可怕的寂寞。死亡,静默,混沌,呻唤,仿佛这里从未有过生命迹象,也从未有过绿意成荫与人欢马叫。

生命其实是一个十分脆弱的形态,一场风暴,一夜寒流,一次抢劫,一场弑杀,一个城镇就会毁灭,一群生命就会消亡——我踱步思索着,心底一片苍凉。孤独,忧伤,心灰意冷。我沉重着并且满眼暗翳。

六

我是后来者。我居住在距离唐朝渠不远的一个新城里整整三十六年了。有过许多年,我与多数人一样,认为我居住的小城周边没有人类活动或生存繁衍的迹象,甚至一直深信人们的普遍提法——亘古荒原,人迹罕至。如今,我从一个血气方刚的少年,变成了一个接近垂暮的老者。三十年前,我们统称年过五十的人为年过半百的老人。如今,我早已过了五十大关,我的师傅、朋友、同学时常会有离开人世的消息,他们让我叹谓人生脚步之快,也感叹地球旋转之快。如今少年的玩伴也都两鬓斑白或孙儿绕膝了,我推测,我也到了那个困惑与恐惧交织的年龄。我不得不承认,我老了,变得有纵深感和厚重感了。我经常会回忆一些往事,一些变成尘埃浮云的旧东西,一些久远的记忆。那些记忆越长久就越清晰,也越新鲜和清婉。我常想,我会变成一棵老树,一棵落叶纷纷的老树,一棵根须退化,内心枯萎被漠风吹干了躯体的老树。我会倒下,会枯朽,会蒸发,会消亡。这是规律和法则。

在残酷的大自然面前,我觉得自己十分渺小。小的没有了一点尊严与思想。小的只求活下去。我忽然觉得活着就是幸福。

唐朝渠已经干枯很久了，但它依旧横亘在准噶尔荒野上，依旧巍然挺立着。它的生命长过任何一个人的生命。这也是我聊以自慰的内在原因。牲畜老了，人老了，但唐朝渠不老，它还会存活下去，还会有许许多多追随者，保护者，仰慕者。就如清人陶保廉，民国水利专家倪超，当代考古学家张平一样。肯定还会有许多不知名的隐匿者愿意为它呕心沥血。

七

我踯躅着，企图遇见铠甲武士与银簪宫女；企图遇到一场角斗或一场风花雪月的故事；企图与美女们擦肩而过，闻到一股异香——沉香、檀香或龙诞香；企图看到肥沃土地上的金黄麦浪，殷红夕阳中胡杨树黧黑的剪影，以及若隐若现的云霓缭绕和仙气渺渺；企图看到湖面芦苇簇拥，烟波浩渺，老叟垂钓，少女掬水玩耍……还企图看到更广阔背景下的男耕女织，日出而作和日落而息。

其实，我企图看到的这些都极为平常，它肯定在这片土地上长久存在过，也肯定潜留在了历史的烟霭之中。或许，我想象的这些画面还远远不如历史本身的轨迹丰富与灵动。但我还是愿意漫无边际的遐想。

站在荒野回忆过去是奇妙的，也是悲戚的——紫绡绢幕上的五彩云朵，带着秋日蟋蟀的哀鸣，也带着秋风抚过的怅惘与痛苦，在微醺中，更加缭乱，冷寂，混沌，它们如一堵高墙，无法逾越，也无法毕现曾经的湖光山色。我知道，我永远也无法抵达那个曾经的莺滑燕畴的真实年代。

但,我是后来者,我有无限的想象空间。

我看到了黄羊、沙狐、赤麻鸭、红嘴鸥、野兔、斑鸠、毛腿沙鸡、百灵以及蝗虫、戈壁蝉和四脚蛇。我亢奋起来。我知道,这片洪荒之地依然有生物在奔跑、在飞翔、在跳跃。我也知道,物种不会被斩尽杀绝,生命也不会永远消亡——周而复始。

一场狂风虐过,唐朝渠遗迹依然清晰可辨。

古尔图,那个熄灭的驿站

一

一辆越野车载着我去寻找一个我十分熟悉的古代驿站。

驿站,在我们这个日臻全球化的新时代,显得越来越不合时宜,可能只在交通不便的穷乡避壤还残留着一些类似驿站的古旧气息。虽然,甚至在上世纪七十年代,驿站还不可或缺地发挥着交通道路的生力军作用,但,在进入飞机火车高速车道交相辉映的二十一世纪后,兀立在茫茫戈壁上的驿站就骤然消失了,宛如一夜之间失宠的弃妃,被遗弃在荒野上。

驿站是中国汉唐明清以来官办驿站、守捉、军台、营塘和民间驿馆的统称。过去既有单纯的驿站,也有单纯的军台,但是在旷远辽阔的西域,驿站、军台甚至营塘往往是混合一体的,行使着军事、民政、邮驿多种功能。有些驿站还兼有卡伦、烽燧的职能。

二

我家曾经在天山北坡准噶尔盆地南缘缓坡地带一个叫古尔图的古代驿站居住过六年。那是我寻求人生目标也认识大千世界的关键六年。那六年对我人生的终极定位，是一把钥匙。那正是一个无知男孩生理与心理发育的奇妙时期。我几乎用探求寻觅的目光踏遍了古尔图周边数百平方公里的土地。我熟悉了天山山脉的中段，那钢蓝色的大屏障，那松蓝的古森林和一些深谷里向北流出的季节河。那山其实是天山复合山脉的一支，叫婆罗科努山。古尔图就坐落在婆罗科努山以北，准噶尔沙漠以南的冲积扇斜坡地带。

古尔图驿站，地名是很早就有的，它的名字应该与整个华夏民族的成长史一样漫长。它是通向人类繁衍道路上的一个契合点，也是西出东进漫漫古道——丝绸之路上的落脚点。

那时候，天山北坡不断行走着一支背影模糊的驼队。驼队引领者们似乎衣着很褴褛，似乎永远在辨认着方向，似乎也永远在寻找着太阳的阴影。当然，他们不怕干渴和饥饿。因为他们驮运的是丝绸、宝石、茶叶、瓷器以及女奴甚至颈戴碧玉项链、耳挂白玉垂环的嫔妃，他们在艰难地跋涉之后，会得到金钱和生存的机会。

实力雄厚的汉武帝时代就有了这条向西穿越丝绸古道前往乌孙、月氏，前往安息（波斯）、大食（阿拉伯）、身毒（印度）、大秦（罗马）的历史记录。它们在《史记》、《汉书》和《资治通鉴》里显得墨迹深邃又意味深长。公元前 138 年（建元三年）张骞通使西域肯定不是第一个吃螃蟹的人。但张骞确是官方派出的第一缕色彩绚烂的辉煌记忆。张骞始终怀有一个高远的志向，他的志向的最终成果是细君公主成为了乌孙昆莫猎娇靡的妻子。张骞因此被封为博望侯，也成了著名的探险家。

古尔图驿站在上世纪后叶还残留着西汉使者的气息和废弃物。我在 1969 年与好友吴宝宽在古尔图遗址拾到过一枚锈迹斑驳的铜箭镞，我们曾经兴奋了很久。我们固执地认为那肯定是张骞使团留下的物品。后来，我父亲告诉我，它更像乌孙国的兵器。我父亲对乌孙土墩墓略有研究。父亲说，距离古尔图驿站仅四公里的六个大土墩就是汉代乌孙贵族的墓冢。那墓冢像一座座小山包，兀立在荒野上。父亲的话让我非常惊愕。多年来，漂移在我眼前的庞大土墩忽然变成了墓冢，而且是古代大墓冢，它让我对历史产生了新奇与渴望。那一年我仅仅十一岁。我觉得历史很诡秘，历史也很惶惑。试想，两千年前怎么就会有如此多的乌孙人在古尔图大兴土木呢？那肯定是一支异常庞大的人工挖筑工程，至少也得数千人修筑数年时间吧。多年后，我看到研究资料说，为修建墓冢，乌孙国曾动用过三万人挖土、运输、堆封、加夯，并且少则三年。那大约是一个异常红火又血腥的场面。

我对我成长的古尔图大地有了新的领悟。

古代乌孙是一个以游牧为主的民族。那时他们就畜牧着大量的马、牛、羊、骆驼和驴，还有牧羊犬。《汉书·西域传》记载了公元前71年，乌孙与匈奴的战争中，一次就掠获马牛等七十余万头。那是一个十分巨大的数字。从这个数字我们可以想象乌孙国肯定已是一个家业不小的大国。那时乌孙的良马久负盛名，张骞通西域，带回中原的第一批良马，称为"天马"。那时，乌孙就有金属冶炼业了，他们不仅能加工铜箭镞、匕首、角器，甚至能制造陶器。

两千年前的古尔图驿站常常有乌孙人的光顾。乌孙人赶着他们的牛羊，在悠闲地吃草。他们会在某个大风之夜来到驿站拴住他们的马匹，歇息休整一下身心。当然，也可能不仅仅在有风的夜晚，或许这驿站就是乌孙人主持的。《史记》上记载，乌孙是一个全民皆兵的国度。他们有十二万户居民,其中"胜兵十八万八千八百人"。可见,他们一边放牧,一边狩猎,一边战争,一边生儿育女。据说他们是从祁连山西迁而来,并且在天山谷地建立了相当规模的赤谷城。于是在距离赤谷城一千公里的乌孙人管辖的古尔图驿站上,常年流动着一队队汉人、匈奴人、月氏人,甚至大食人、大秦人也是顺理成章的事。在岁月漫长的历史进程中,丝绸之路上和平的景象总是让人流连忘返的。

三

上世纪五六十年代,古尔图是一个新型驿站。在它的斜坡状的冲积扇上,驻扎着一支部队。它的功能就是坚守那块土地。在过去两千年的岁月中,古尔图一直有驿站、守捉、军台、营塘的功能。它历来是兵家必争之地。我父亲是这支驻扎部队的团级干部。他也是一名干练、机智,又吃苦耐劳的军事指挥员。从1949年进新疆开始,我父亲就一直在天山北坡这条古丝绸之路上的蠕动和坚守着。他一晃就是三十四年,从排长、连长、营长、主任、参谋长,一直干到团长。他熟悉天山北坡与准噶尔盆地的一切,并且把美妙的青年与壮年时代给了它们。我1958年在伊犁古城惠远出生后,也命定了与古丝绸之路的驿站、军台和营塘发生着某种玄妙的纠葛。当我家在1965年从惠远搬迁到精河,1967年又从精河搬迁到古尔图时,我的古驿站情结就像一抹浓重的思乡结缠绕在我眉宇间,扭动着我的思维,也引导着我的人生追求。

大唐王朝时的古尔图驿站显得十分冷清与渺小。它昏黄地坐落在寂寥又朦胧的蜃气之中,宛如透着神秘的残壁废墟。从东西两边流动而来的游人，走马灯式地驮着重物，留宿在驿站土炕毡床上，而快马驿他们如换马般兼程在苍茫的原野上，更是一道绮丽的风景。他们手持官府军令文书，以最快的速度从一个驿站奔驰到另一个驿站。唐代边塞诗人岑参写道："寒驿远如点，边烽互相望"，"一驿过一驿，驿骑如星流"。

中国唐代驿站的距离为三五十里不等，但在西域旷远的戈壁上，大多要一百里以上。馆驿的编制与马匹也不尽相同，驿员十五人至三人不等，驿马三十至十匹不等。唐代驿站、守捉、镇，都是官方设立的军政设施，行使军事与行政职能。驿站设有主持即驿长、驿家、捉驿者等等。

而大清帝国的古尔图驿站是军台与驿馆合署办公的。自乾隆二十年（1755 年），大清国统一新疆后，就在天山南北建立了完整的军政机构。其驻防军有满营、锡伯营、索伦营、察哈尔营、厄鲁特营等等，总计四万多人，后来一度发展到九万人。而各地军政在伊犁将军的统辖下，得到了快速发展。伊犁河谷的惠远、绥定、宁远、广仁等著名九城，博尔塔拉、雅尔（在今哈萨克斯坦境内）精河、阜安、塔尔巴哈台，还有兵屯、民屯、回屯、遣屯等等，这些人来人往，物资转运，车马休息，公文差务，官民邮件，都需要驿站、军台及营塘的服务。据《新疆要略》记载，由乌鲁木齐向西至伊犁，共设有驿站、军台三十多座，其中有驿站，有军台，也有驿站军台一体的。古尔图就是一个驿站、军台合属公务的驿站。它的准确位置是：自东向西为库尔喀喇乌苏台，七十里至多木达都台，七十里至古尔图台，再六十里至托克多克台。自光绪十年（1884年）新疆建省后，所有的驿站、军台、营塘一律统称为驿站了。

可以想象，清代古尔图驿站，是一个非常重要的驿站。在十七世纪中叶,这个古尔图大地上就涌动着一支坚守军台与驿站的官家队伍。他们有驿长、驿员,有绿营步兵、骑兵,有马匹,有骆驼,还有家眷——女人与孩子。他们一手拿着马刀、马鞭,一手拿着镰刀与坎土曼,他们要传递军政信件,重大报捷消息,还要保护来往的商贾团队以及住宿、吃饭,并且管好自家兵丁,老幼的吃穿住行。于是,他们就种菜,种粮,割草,牧羊,打柴,狩猎。那时,古尔图的冬季是没有青菜的,他们还挖了菜窖,储存土豆、萝卜和大白菜等过冬。应该说,古尔图驿站在二百年前是一个异常艰苦的驿站。在遥远冷寂的戈壁荒原上,长年累月生存本身就是一件艰难的事。当然,再艰难,都会有一隅温馨和温暖,也会有一角美丽。有资料说,那些官兵大都是甘州、河州、固原等地移驻的汉兵。他们时常还会组织一些娱乐活动,甚至会编唱一种带有荒野味道的顺口溜。

驿夫也是从他们中间产生的。那是一件令每一位驻兵都十分敬重的工作。它显然已经规范化了。当任务到来时,他们会穿上那种有显著标志的号衣,腰间佩戴上小铃铛,然后骑马一路奔驰而去。他们是恪尽职守的军人。法国人阿里·玛扎海里在《中国——波斯文化交流史》一书中说,"中国最为令人注目的事可能就是这一整套机构和公共设施的持久性。它们……一直到十九世纪中叶均如此"。

四

是的,古尔图是一个流动的通商驿站。它最早是通过丝绸开始诱惑西亚人和欧洲人的。丝绸仅仅是一种商品,可这种商品的绮丽惊艳一度征服了那些巴比伦美女和罗马贵族,会让她们垂涎并且充满想象。于是贪婪的女人们就会以得到丝绸为荣。她们会为丝绸而勉励男人们角斗。那时期，中国谷子、中国高粱、中国樟脑也会通过这条驿站之路流入地中海、希腊或者罗马。在古希腊——古罗马时代，西方人还不知道珍贵的樟脑为何物。当它被阿拉伯人、波斯人刚刚认识，被拜占廷作家西蒙·塞特著书立说时，他们其实还远远不了解樟脑的用途。到古波斯萨珊王朝时期，从中国的古道——包括古尔图驿站——运去了樟脑，才开始渐渐为西方所使用。而作为生产樟脑的中国南方，早已将樟脑树干、树根、树枝一并粉碎，用容器蒸馏为樟脑了。中医也早就开始用作镇静剂、祛风剂、发汗剂、祛风湿了。中国老百姓还会用它治牙痛、治脚汗和保护衣物，消灭蛀虫。

当然，在这条丝绸古道上，有大量的中国茶叶、中国瓷器、中国桂皮，中国姜黄、中国大黄、中国麝香们开始走向欧洲，它们被统称为"中国"或"中国的药"。桂皮在波斯文中就称为 dar-tchini。麝香这种色黄味苦、奇味浓厚的东西，在公元六世纪之前的西方是没有记述的，可中国人在先秦时代就熟悉其性能了。中国有扬子江的花麝麇、有甘肃的西番麝麇等等。大清帝国时代每年出口七八百万芽月法郎的麝香。后来，麝香居然成为西亚中世纪文化的象征。阿拉伯人丹尼说："在梦中拆开一麝香囊者就会与一富贵的女子结婚。"他们甚至认为，梦见麝香者将会变成智者或强者。

是的，古尔图是一个不断接纳官家贵族，见证宦海沉浮和接待流放遣犯的驿站。自乾隆 1762 年在伊犁惠远设将军之后，古尔图驿站就不停地迎来送往着大清的将军、参赞大臣、领队大臣等封疆大使们，这些官位达二三品的高级官员们出行，总是前呼后拥地附庸着一支庞大的队伍。那辚辚的马车，那高扬的锦旗，那腰系银带的士兵,那滚滚的烟尘,都演绎着那个时代官场疆场的变幻与沉浮。

流放西域是中国各个朝代拥有的一种轻于死刑,重于徒刑的惩罚手段。流刑的惩罚对象,就是流人。历史上有许多著名流人曾流放西域,而清代就更多了。他们中有骄奢淫逸的皇亲国戚,有宦海沉浮的封疆大使,也有满腹经纶的硕学之士。洪亮吉、林则徐、邓廷桢、徐松、铁保、明亮等等……都是这一长串流放人物里的名人。

洪亮吉于嘉庆四年(1799年)八月革职刑部,后从宽免死,发配伊犁。年底,五十三岁的洪亮吉在冰天雪地艰难地跋涉了五个多月,才赶到伊犁惠远。洪亮吉作为清代一名颇有声望的大学者、著名诗人,曾任翰林院编修、国史馆纂修官,因向嘉庆皇帝上书提出天下大治的两点措施,同时批评了嘉庆早晨睡懒觉上朝少并一气点了四十位大臣的名而被革职。洪亮吉在赴伊犁途中写有流放著作《伊犁日记》、《天山客话》、《万里荷戈集》。洪亮吉在嘉庆五年一月路过了绥来(今玛纳斯县)和古尔图驿站,二月经过了果子沟。一路有"青松万树,碧润千层"、"雪飘如掌"、"鸟不避人"之感慨。在古尔图驿站那静谧的环境里,洪亮吉心静如水,灵感忽然飞来,便对天山北麓老鹰叼公羊的见闻作诗《鹰攫羝行》,读来令人魂飞动魄。"羊群居前牛在后,鹰忽飞来攫羝走。群羊哀鸣牛亦吼,北巷南村集群狗。鹰攫羝飞势偏陡。云中健儿弓已拓,一箭穿云觉云薄。羊毛洒空鹰抓缩,天半红云尚凝镞。"

道光二十年(1840年),两广总督林则徐被革职。他曾主持了著名的虎门销烟。那白烟升腾、人山人海的吐气场景,令民众欢声雷动,难以忘怀。林则徐也因其在鸦片战争中禁烟抗英的历史贡献,而成为中国近代第一位杰出的民族英雄。1840年5月,英军的炮舰攻陷浙江定海，威胁朝廷，林则徐因"治国病民，办理不善"罪名，被从重发往伊犁。其实那是道光被谗言鼓噪，惧怕英军的投降行为。林则徐拖着病骨之身，用一年五个月时光于1842年12月才走完了悲凉艰涩的慢慢戎途。在经过古尔图驿站时，他顶风冒雪赶路，望见那一白连天的雪景，不禁感慨道："天山万物耸琼瑶，寻我西行伴寂寥。我与山灵相对笑，满天晴雪共难消。"林则徐在流放新疆的三年中，居然为农田水利建设，"改屯兵为操防"，抵抗沙俄入侵作出了贡献。

是的，古尔图是一个兵家必争的驿站。自汉唐设守捉以来，古尔图就作为十分重要的战略要地，一直引起着关注。它南枕天山，北控大漠，西连伊水，是唯一一条东西走向的通道。多少年来，它也的确曾经无数次历练过战争刀戈和硝烟的洗礼，也遗留下了数不尽的黎民百姓和官家兵丁的尸骨。最近距离的战争记载，就是著名的伊犁——迪化（乌鲁木齐）战争。那是1912年初，为了推翻清朝旧王朝统治，伊犁革命起义军与大清皇帝的迪化军在古尔图曾经血战数十天。上一年，清王朝似乎再也无法支撑它的腐朽没落了，在10月10日爆发了辛亥革命，以孙中山为代表的资产阶级革命洪流冲垮了大清帝国的统治。而这个洪流也波及了新疆大地。伊犁革命党人、前伊犁陆军协统杨缵绪于1912年1月7日发动起义，迅速击溃了驻防清军，占领了伊犁首府惠远，逮捕了伊犁将军志锐并当众在钟鼓楼旁处决。随后，杨缵绪任新成立的伊犁大都督府司令部长，而这时据守在迪化的新疆巡抚袁大化恼羞成怒，调集了步、骑、炮兵迅速开往精河前沿，准备进攻伊犁。伊犁民军被迫东征。从1月21日开始，两军在五台开战，民军长驱直入到大河沿、精河、托克多，并在古尔图进行了一场血战，双方死伤无数，血流成河。后杨缵绪又亲率察哈尔、厄鲁特骑兵，包抄了古尔图清军驻地，杀敌无数，并缴获了大批枪弹。那次战争是一次共和与帝制的殊死较量。最终袁大化看大势已去，无力再战，宣布共和。应该说，是发生在古尔图的伊迪战争结束了大清帝国在新疆的封建统治。我以为，在古尔图可以为伊迪战争树一块纪念碑。因为它向文明迈进了一步。

五

1970年暑假，我带着大弟与一个名叫耀来的男孩去古驿站遗址——老农场旧地掏麻雀。那里有不少低矮且被遗弃的旧房子。我们的目的是将手伸进鸟窝掏小麻雀。我们看起来有些残忍，可我们并不觉得残忍。我们有无穷的乐趣。我们把一窝窝小麻雀掏出来后，装入自己的衣兜，然后带回家养到一个硬纸壳改装的鸟笼里。我们让小麻雀过一种群聚的集体生活。我们喂它们吃的，听它们鸣叫，看它们成长。那时我家门口有两个大鸟笼，里面各生活着三四十只小麻雀，它们叽叽喳喳地叫着，在鸟笼里自由飞翔着，而更小的一些小麻雀，我们就掰开嘴喂食，会将一块很大的苞谷面馍馍或蚂蚱塞进小麻雀的大嘴里，小麻雀会伸着脖梗将其吞下。后来这些小麻雀就离不开我们了。有时我大弟会带着它们到家属院或营区去玩耍。它们会跟在我大弟身后扑扇着双翅，连飞带跑地尾随，非常可爱。

在我们认为的驿站遗址不远处，还有三间圆形土坯房屋，它们的屋顶均是土坯垒砌的圆顶，没有房梁。当时我十分惊讶，并愕然地观察了很久。三间房很像我们在电影里认识的鬼子炮楼，矗立在荒原之上。它们显然已经被遗弃了很久。屋子里空无一人，也没有丢弃物。但却可以居住。一次我与妈妈闹别扭，就带着大弟企图在那三间房中最好的一间内过夜，但是，在天幕刚刚黑下，我就产生了巨大的恐惧，我害怕了。于是，我狼狈地快速跑步回家了。多年后，我依然清晰记得那房子的模样，甚至那房子里酸腐的空气味道。我想，那三间房与古驿站有着莫名的纠葛，甚至发生过一些令人扼腕的故事。

在古尔图我曾跟随母亲去红柳繁茂的沙窝子里打柴禾，我很卖力地用斧子十字镐挖砍那些几近枯死的红柳根和梭梭柴。那些红柳梭梭因为缺水而大片地死去，它们的尸体成了我们的宝物。我们用红柳梭梭生炉子、烧火做饭或取暖过冬。比一簇簇红柳林更远更北的就是大片的胡杨林了。那是一片原始状态的胡杨林。在胡杨林入口处有一口清澈的泉水。那泉水不停地渗冒成一条清澈的小河。小河周边长着葳蕤的芦苇。在那里，我们还能经常能看见放羊的哈萨克或蒙古族牧民，他们时常骑着会边走路边放屁的马闲逛，或者悠然地赶着羊儿吃草或饮水。

六

古尔图就是这样一个自古就被兵家必争，被四方来客恩宠，被驻守兵民厚爱，也令五洲朋宾充满遐想和回味的地方。两千多年来，古尔图忠实地行驶着接纳、容留、守卫、传递、连接的众多职责，同时又彰显着一个古驿站的温暖、温馨、温润和温情。它规模不大，始终像一个小小的蚁穴，孑立在苍凉的戈壁上，固守着两千年的西域岁月，炫示与支撑着两千年的丝绸之路文明，也支撑着两千年生生不息的人类传承。在这小小的驿站上，真正可以称道的，大约还有那些尸骨早已化为灰烬,化为一棵古榆,一叶绿草或一缕空气、一滴水的美丽状态。他们为后人留下了大片的屯垦戍边的熟地、高贵华丽的丝绸、清香四溢的茶和麝鹿行走的踪迹,他们被岁月升华得伟岸而辉煌。

古尔图已经无法找到那些古旧斑驳的遗迹了。其实它早先就简易而匆忙,显得卑微,褛褴,没有高大的城墙,没有宫阙殿宇的森严。其实,它本来就是一个供人临时休憩的憩所,一个小小的客栈。在宏大的历史的背景中它会显得渺小和微不足道。

七

我又来到古尔图旧址,但它早已不复存在。一条铁路正巧穿过曾经是驿站心脏的地方。那铁路被人们叫做欧亚大陆桥。它是从中国东部一个叫连云港的地方延伸过来的。它穿过古尔图的戈壁荒野与黄沙绿浪,进入了艾比湖区域性大风地带,然后从阿拉山口进入哈萨克斯坦国的阿拉木图。这铁路一直向西通到了地中海,最后停歇在荷兰的鹿特丹。欧亚大陆桥实际上是古丝绸之路的替代物。它应该是新世纪的新丝绸之路。虽然它已不再驮运丝绸、茶叶或瓷器、麝香这些旧时震颤世界的器物。但它却依然让人们产生古丝绸之路的某些奇妙联想。

我见到一个骑马的哈萨克牧人,他依旧手握皮鞭,头戴一顶不合时宜的皮帽子。我问他这地方是古尔图吗?他诧异地看了我一会说:从前是,有军人……早就搬走啦。然后他用手指了一下北面的某个地方说,那……里有古尔图大队。说着,一种悦耳的"吉祥三宝"音乐响起。我惊异地四处张望起来。哈萨克牧人从身上摸出了一个翻盖手机,然后用哈语与手机交谈起来。我下意识地拿出自己的手机看了看,我发现信号是满的。顿时,平添了一种坦然的轻松感。哦,他就是当代牧羊人了。

当年的古尔图驿站不用再寻找了,它肯定已经消隐在历史的烟霭之中。虽然我依然在自认为可能是古尔图旧址的地方寻觅了很久,但我很失望。我只是听到了自己悲泣的心跳和越野车发动机的悲怆嚎哭声。

活着的灵魂

　　尼古拉·阿列克赛耶维奇·奥斯特洛夫斯基伏在有雕花纹饰的铁床上静静地写着，纸板被钢笔磨得沙沙直响。天已经完全黑了，奥斯特洛夫斯基并没有让护士开灯。他也没有想开灯。他进入了一种痴迷境界。他觉得他的心头升腾着一股明澹澹的气浪。那气浪搅得他不得不向前追赶。他清癯简净，心性高远。他的追赶让他很幸福……

　　其实写作的奥斯特洛夫斯基已经十分消瘦了。他不能不消瘦，因为他已经下肢瘫痪并双目失明。这就是 1930 年的奥斯特洛夫斯基。这一年他刚刚二十六岁，他还那么年轻。可是，他奇迹般地选择了写书。他器宇轩昂又文质彬彬。他最终成为无数革命者敬仰的英雄。

　　在奥斯特洛夫斯基目视远方的墓碑雕像前，我凝神了很久。我恍惚看到了刚才发生的那一幕。奥斯特洛夫斯基侧身雕像显得很清瘦，但他的目光却炯炯有神，脸颊也充满了向往和期待，那微微上扬额头，一缕头发被风撩起，洒脱，傲岸，刚毅，并且超然淡定。奥斯特洛夫斯基的右手就压着那部刚刚完稿的、后来声名响亮的书稿——《钢铁是怎样炼成的》。墓碑上，还雕有他使用过的马刀和尖顶缀有五星的军帽。

奥斯特洛夫斯基的精神,曾经指引和激励过许多革命者。他的意义不仅仅是灯塔,也不仅仅是楷模,他活脱脱地影响了几代纯真又亢奋的中国青年。他们向往那个横刀立马的火红年代,也追随那个铸就钢铁的热血年代。他们认为奥斯特洛夫斯基就是保尔·柯察金,保尔·柯察金就是奥斯特洛夫斯基。

我就是一个被奥斯特洛夫斯基感动过的"钢铁"追随者。

前不久,在我整理旧物时,竟然翻出了自己中学时期的一个塑料笔记本。那是一个珍藏了三十八的旧笔记本。笔记本的扉页上有一段稚嫩的笔迹——"人最宝贵的东西是生命,生命属于我们只有一次。一个人的生命是应该这样度过的,当他回首往事的时候,他不因虚度年华而悔恨,也不因碌碌无为而羞耻——1972 年 12 月 11 日。"这个记录是以题记形式由十四岁的我写在笔记本上的座右铭。它涵盖着一个未成年孩子对未来的热血渴望与憧憬,也潜藏着一个懵懂少年对英雄人物的顶礼膜拜。那时,我稚嫩的心纯洁而通透。

静静的,我弯腰向奥斯特洛夫斯基深深地鞠了一躬。我看见奥斯特洛夫斯基的墓碑下摆放着一束鲜花,我知道,那大约也是一位与我一样对奥斯特洛夫斯基有深切记忆的人敬献的,他(她)或许还是中国人。

新圣女公墓就是这样一块让我有怀旧感悟的思想殿堂。它静谧地掩映在莫斯科市郊一片绿荫之中。每一个安眠在这里的人,都有一个或风光旖旎或跌宕起伏的故事。它实际上是一个在政治或艺术或经济领域有影响的俄罗斯名人墓园。起初,我错误的判断,墓园无非就是由一堆堆隆起的比那些常见的土堆精美一些的坟茔组成。真正走进它,我惊诧的几乎叫出声来。如若不是墓地和穆幽静的氛围挤压了我,我恐怕会失控。准确说,它更像一个名人博物馆里的艺术雕像园。

这也许就是俄罗斯民族殡葬风俗与中华民族殡葬风俗的不同之处。它的每一块墓碑雕像都是一件艺术品,它精辟而凝练地概括了逝者的一生。看这个墓地你会感觉神清气爽,没有阴森森地狱的逼仄,更没有冷寂萧瑟的死亡之气。因为每一件墓雕上,都会有跨越生死界限的超然,会有与逝者灵魂沟通的顿悟,还可以与你讨厌的人进行自言自语的争执和对骂。这个墓园以其智慧又极富个性化的终结评价,艺术地再现了每一位逝者的人生履历。他们是一群活着的石头,活着的灵魂。

卓娅,一位中国中老年人大多知晓的卫国战争英雄。那是六十年前一场与纳粹德国进行的特殊战斗,苏联人以保卫祖国而赢得那场正义战争的胜利。卫国战争苏联死亡两千七百万人。后来整个欧洲都卷入了战争。少女英雄卓娅,就是在二战中被德军绞死的,牺牲时年仅十七岁。那个波澜起伏的故事来自一本叫《卓娅与舒拉的故事》,她是我从小就仰慕的女英雄之一。那本书的作者就是卓娅和舒拉的母亲。书中不仅写了卓娅,还写了卓娅的弟弟舒拉。舒拉在姐姐牺牲后,进入了坦克学校,毕业后以指挥员身份参加了卫国战争,然而,在战争即将结束的前一天,也不幸牺牲了。在那场血与火的洗礼中,人们经受着灵魂与躯体的双重考验。卓娅与舒拉如涅槃一般获得了重生。

眼前,卓娅是一尊凄美、精致的艺术雕像。卓娅被德军反剪了双手,衣衫褴褛,袒露着美丽的前胸,高昂着骄傲的头颅,面带微笑……那雕像栩栩如生地展示了卓娅宁死不屈的形象和完美的青春胴体，令人心动和敬慕。那是一种略带有凄美意味的敬慕。

肖斯塔科维奇是前苏联著名作曲家。他的墓在一个很不起眼的角落，没有人像雕塑，只有简洁的音符……那几个简洁的音符不仅涵盖了肖斯塔科维奇的人生辉煌，也阐释了肖斯塔科维奇用音乐传播信念、传播爱、传播和平的生命意义。二战时期，他激越的音乐支撑着人们为保卫和平而战斗。那首著名的交响乐《列宁格勒交响曲》，也叫《第七交响曲》，就一直回荡在列宁格勒保卫战的硝烟里、战壕中、掩体上，那是一阕让世界为之倾倒的反法西斯经典音乐。

1941 年 7 月至 1944 年 8 月，德国人把圣彼得堡（列宁格勒）围困了整整三年零一个月。参加圣彼得堡（列宁格勒）保卫战的军民共牺牲了九十多万人。德国人曾经宣布，1942 年 8 月 9 日所有军官将集中在圣彼得堡（列宁格勒）阿斯托里亚大酒店进行庆功宴，并且提前发出了请柬。然而，那一天到来时，酒店并没有举行纳粹的庆功宴，取而代之的是肖斯塔科维奇的《列宁格勒交响曲》音乐会。

我了解肖斯塔科维奇，起始于观赏深圳交响乐团的演出。我的朋友、著名指挥家张国勇先生在演出前正式介绍了肖斯塔科维奇的艺术成就，并且指挥演奏了《第五交响曲》的章节。我听得十分投入，有一种难以叙说的情绪被缠绕着，几天内似乎都不能自拔。我把感受告诉了张国勇，他说，这是你对音乐太敏感了，过两天就会好的。2009 年 6 月，我在电视上看到张国勇在莫斯科国家大剧院指挥俄罗斯国立交响乐团演奏柴可夫斯基的《波罗乃兹舞曲》。胡锦涛主席和梅德韦杰夫总统在包厢中认真地谛听着。

张国勇曾多次在莫斯科执棒过肖斯塔科维奇的《鼻子》、《列宁格勒交响曲》等著名作品。肖斯塔科维奇，1906年生于圣彼得堡，毕业于圣彼得堡（列宁格勒）音乐学院，后任该院教授，1943年任莫斯科音乐学院教授，除了《列宁格勒交响曲》，还有果戈理同名小说改编的歌剧《鼻子》，清唱剧《森林之歌》以及第十、十二、十三交响曲和大量钢琴、小提琴协奏曲等作品，他是前苏联成就卓著的作曲家。

在肖斯塔科维奇的墓前，我觉得我与这位作曲家有一种心灵的预约，仿佛多年不见的老友一般，可以进行倾心交谈。我知道，这是我狂妄的遐想。回味那些起伏的旋律、悠扬的乐曲和跳动的音符，我感受到了那力挽狂澜的在血管里嘶嘶流动的力量。

说到果戈理，这位写过《死魂灵》的俄罗斯著名作家，曾经给我这个文学爱好者留下过刻骨的铭记。他被誉为俄罗斯语言大师，著有《狂人日记》、《钦差大臣》等。他笔下的那些势利官员、狡诈商人、闲逸无聊之人、悲悯的下层劳工，无不浸透着现实生活的印迹，给人启迪与思考。鲁迅就非常欢喜果戈理，他的文章中会经常提到他。然而，果戈理仅仅活到了四十三岁。

果戈理生前曾要求人们，不要为他建墓碑，然而，事与愿违。早先他的墓冢并不在新圣女公墓，是上个世纪三十年代迁移到此的。不过迁移过程中却遇到了麻烦。一位崇拜果戈理的戏剧家说服了看守墓地的修士，将果戈理的头骨挖走藏在了家中，待后来交出后，头骨又被果戈理家人运到意大利后失踪了。因此，果戈理的墓冢，实际上是一个空冢，并没有果戈理的头骨。当然，果戈理的墓冢修造的也是十分豪华，英姿勃发的果戈理半身雕像与黑色坚实的基座搭配得完美协调，显得庄重和雅致。我想，果戈理生前不要墓碑的意愿，可能就是对自己躯体的存放有预感，他不想让自己的"死魂灵"感到不安，然而恰恰相反，他最终没有得到"灵魂"的安宁。他变成了一个游荡的孤魂。

新圣女公墓还沉睡着我熟知的作家普希金、契诃夫、马雅可夫斯基、法捷耶夫，戏剧理论家斯坦尼斯拉夫斯基，舞蹈家乌兰诺娃，画家列维坦，电影演员舒克申，歌唱家夏里亚当、索此诺夫，科学家图波列夫、瓦维诺夫以及米格战斗机的设计者米高扬，在一个有些破败的角落里，还有一位中国人不陌生的人物——王明。这让我十分惊讶，王明竟然身着中山装，两眼没有表情地目视着前方。他曾经是中国革命史中无法躲过的高级领导人，在他犯"左倾"机会主义错误后，去苏联工作直至去世。我没有看到参观者与王明雕像合影。

赫鲁晓夫墓碑很有意蕴，它是让所有人都欷歔不止的奇异墓碑。这位前苏联共产党第一书记，没有按照惯例安葬在克里姆林宫红墙之下，却令人蹊跷地安葬在了莫斯科西南角的新圣女公墓。这恐怕也是一个只有少数前苏联高官知晓的秘密。

赫鲁晓夫墓碑是一块由黑白两色花岗石交叉叠加而成的，奇特点为，一边是黑色，另一边是白色，而在双方相互叠加的空隙中，隐露着一个黑灰色的大光头——赫鲁晓夫。领队说，这是后人对赫鲁晓夫功过各半的评价，也是对他一生经历的盖棺定论。据说，当年创作赫鲁晓夫墓碑的雕塑家涅伊兹维斯内，曾经与赫鲁晓夫有过水火不容的矛盾。赫鲁晓夫曾当众批判过这位雕塑家。然而在赫鲁晓夫家人的请求下，涅伊兹维斯内完成了他富有挑战意味的雕塑。赫鲁晓夫的家人对此非常满意。他们认为，赫鲁晓夫安葬在这里，有为俄罗斯贡献的特殊意义。因为赫鲁晓夫在退休前已经沦为一名普通职工了。他作为特殊的普通人应该有特殊的石头雕像。

我为赫鲁晓夫家人妥帖的设想而感慨。

1831·阿尔巴特街

最早知道阿尔巴特街是上世纪八十年代,曾有人极力推崇过一本叫《阿尔巴特街的儿女们》的小说。那本小说被译成汉文之后,很厚实,封面有大块的黑色。那时我也业余写小说,对阿尔巴特街就有些稍稍留意,记得是一个叫雷巴科夫的苏联人写的,以苏联肃反为背景,叙述了曾经在这条街成长的一帮高干子女转瞬消失在苏联漫漫大地上的故事。当时印象,这条阿尔巴特街是一条金粉华丽、烟雾缭绕又乌七八糟的街,它大约是模仿资本主义嬉皮士之类堕落的东西而产生的街。

真正站在阿尔巴特街上,才发现它是一条又小又短的街,与中国常见的步行街没有什么不同,繁华香艳程度远远不如王府井和南京路步行街。它只是一条宽约十米,长仅八百米的步行街,过于小巧,也过于琐碎零乱,但却被称为"莫斯科的精灵"。我看多少有些名不符实。

最抢眼的是五十三号。那是一幢俄式两层楼建筑,淡蓝色的墙壁有一块灰色大理石牌匾,上有俄罗斯诗人普希金浮雕侧面像和俄文"亚·谢·普希金"的字样,同时还有 1831 年。这就是普希金故居,如今它是来人最多的招牌建筑和诗人博物馆。它的对面就是著名的普希金与夫人娜塔莉娅·冈察洛娃的青铜塑像。普希金留着很大的鬓角,头发自然卷曲,身穿燕尾西服,冈察洛娃则是一袭落地婚纱,那宽大的裙摆,映衬出了她的美艳与尊贵。这尊雕塑反映的是普希金1831年2月与莫斯科第一美人冈察洛娃结婚的场景。它复述了普希金左手托冈察洛娃的右手,缓步走向婚姻殿堂的那个鲜亮时刻。普希金与冈察洛娃都目视前方,心中充满了美好的向往。那一年普希金三十二岁,而天生丽质的冈察洛娃年仅十九岁。在阿尔巴特街五十三号,普希金与冈察洛娃度过了清波透碧的三个月时光,然后就移居到了圣彼得堡。

普希金被誉为"俄罗斯文学之父"、"俄罗斯诗歌的太阳"。他一生创作了大量诗歌、小说与散文,其代表作为诗体小说《叶甫盖尼·奥涅金》、长诗《青铜骑士》、《高加索俘虏》、抒情诗《致大海》、《自由颂》、《我曾经爱过你》等。《假如生活欺骗了你》是一首被众多中国人熟知与喜爱的诗歌。那首诗用普希金的话说,就是"用诗歌唤起人们善良的感情"。

"假如生活欺骗了你,不要悲伤,不要心急,忧郁的日子里需要镇静,相信吧,快乐的日子将会来临。"这些亲切、朴素、曼美、清畅又寓意深远和直沁心脾的句子,让人们对生活树立了信念与坚毅,即便是逆境中,也不会绝望和悲悯。这是一首温暖亲和的诗,点拨未来的诗,更是馥郁优雅的诗。年轻的普希金像一位饱经风霜的老者,温婉地传授着他的人生哲理和人生经验。普希金的确像一位智性预言家,这也吻合了人们称他为"太阳"的称谓。其实创作这首诗时,普希金年仅二十六岁。

普希金故居就是后来苏联红军"先锋剧场"所在地,著名苏维埃诗人马雅可夫斯基与先锋戏剧导演迈尔霍尔德,就在这幢房子里讨论、构思出了数部具有探索意义的理想主义剧本。马雅可夫斯基的长诗《一亿五千万》的某些段落和著名讽刺诗《开会迷》就产生于这幢内涵非凡的建筑。我觉得马雅可夫斯基后来写的长诗《列宁》和讽刺喜剧《臭虫》，也总有阿尔巴特街的灵性，虽然他后来因受到批判和爱情挫折的双重压力，他绝望了，哀怨了，崩溃了，终于饮弹自尽，但他伟大的阶梯诗，却成为中国诗人效仿的范本。我也受他影响，曾写过一批类似阶梯的分行句子，最得意的就是1978年发表的二百行长诗《献给五月》。

著名作家托尔斯泰、陀斯妥耶夫斯基也在这里逗留过。当然，除了作家，这里聚集最多的还是那些街头杂耍艺人、肖像风景画家和地摊小商品叫卖者。是他们的存在，才让阿尔巴特街声名远扬。古玩、书籍、望远镜、木偶玩具、瓷盘、俄罗斯套娃、复活节彩蛋、琥珀手饰、旧军装、纪念章、护身符等等，都在这里五花八门地呈现着。也有不少人在街面上游走、闲坐或穿奇装异服倚墙而立着，表情漠然地地观赏，三三两两地说话，抑或目光阴冷地盯人。据说，在上世纪三十年代，阿尔巴特街这种光怪陆离的颓废之风就开始盛行了。

由于喜爱绘画，在几处摆有画架、画夹、油彩、素描的画摊前，我驻足观察了一阵。我发现，这里的画大约划分了几种画风，它们大都在各自的领地，蔓延着，滋养着，于是就形成了艺术气息浓郁的画廊氛围。一位头扎马尾辫、留着黑胡须的大个头画家身穿一身红色运动服，正静谧地为一位少女画速写头像。他的用笔老辣，干练，流畅，宛若一位大画家的作派。

俄罗斯油画曾经以它的凝重，细腻，题材重大，色彩丰盈，博得过我们的青睐和挚爱。列宾的《伏尔加河的纤夫》，那一群衣着褴褛的纤夫伴着沉重疲惫的步伐拖船的画面,那河道,那凝重之水,那沙滩上的几只破箩筐,都为纤夫们增添了悲凉凄惨的氛围,令人震撼。苏里柯夫的《近卫军临刑的早晨》,更是在莫斯科克里姆林宫墙外的背景上,描绘了彼得一世残酷处决近卫军行刑前的森严场景,令人悲悼。还有瓦斯涅措夫的《勇士停在三岔路口上》,让我有一种深微幽味的感觉。今天,我穿梭在阿尔巴特街的画市上,仿佛走在俄罗斯名画中间,捧读着,体味着,思想着。那些悬挂着的风景画、人物画,或风格粗犷或主题隐喻或用笔细腻,都多多少少显示了不俗的艺术水准。可以看出,卖画者有相当一些是在没有办法中才沦落街头卖画的。早先,苏联时代的画家待遇很不错,他们曾经有稳定的工资收入,又有被人民推崇的艺术地位。然而,今天他们不得不为了养家糊口而奔波而居无定所。不过,这些画家们并不拉客,也不争抢着推销自己的作品,他们大都表现得比较矜持,比较本分。

在一个挂满风景油画和静物画的画摊上,我看上一幅具有十八世纪莫斯科旧街道风韵的油画。它有旧式路灯,有哥特式尖顶,有雨中身着长裙的艳美少女和雨中优雅闲逸的倒影。它很像一幅印象派画风的油画,还透溢着一种忧戚中的甜蜜之气。画主是一个棕色头发的中年人,他穿一件早已过时的黑呢子长大衣,蓝灰相间的围脖搭在大衣上,很不协调。他看我喜欢,便用手比划说:三千卢布。我看了看他,随口说:一千卢布。

然而,他不再争砍,只是用蓝眼球盯了我一会儿,点点头,说:哈拉绍。我没招了。开始我想,他肯定还会再还一次价,但是,没有。他让我很意外。

我买下了这张油画,并且请一位过路的少女给我们合影。他一边熟练地为我包画,又一边指着自己,似乎在说,这画是我画的。

一位多次到过阿尔巴特街的外贸朋友盯着这张画说:一千卢布,太值了,光这画框和画布就不止这个数。

那张画的背后有签名,朋友说:哈哈,这画名是《1831·阿尔巴特街》,画家叫安德列·瑟托夫。

那些怀旧老歌

在我们走下车时,他们开始整理乐器——小号、萨克斯、拉管。他们是一支小型管乐队。大约没有想到造访者的出现会比平时更早一些,仓促之间,他们吹奏起了第一首歌曲——《山楂树》,接着就一首接一首地吹。《三套车》《红莓花儿开》《喀秋莎》。他们像一群钻进参观者肚子里的蛔虫,游走自如。他们居然知道我们——至少是我的心思。我受宠若惊。

几天来,在莫斯科的麻雀山、加里宁大道、二战胜利广场,抑或是富丽堂皇的"地下宫殿"——地铁站。我都被一种怀旧曲线摇曳着,弹奏着,揉搓着,今天它终于在这个前女皇叶卡捷琳娜的豪华宫殿前被拽到了极致。我不能自制了。两百年前意大利著名设计师拉斯特雷利奉伊丽莎白女皇之命兴建的这个皇宫,是白蓝金色交织的精美绝伦的建筑,它让人迷幻并产生浪漫诡异的遐想,然而,在大门口我还是停住了脚步。

我知道这帮俄罗斯街头演奏家是有意为之的,他们的目标就是中国人。他们知道中国人怀恋什么,甚至知道如何去摧垮中国人固若金汤背后的柔软内核。虽然我也知道,他们是一帮蓄谋为中国人作秀的演奏者,但我还是不由自主地被俘获了,我骨子里潜藏着呵护和宠爱那些老歌的细胞。

前苏联那些豆芽状的社会主义音符，就像深埋在我心底的种子一样等待着生长，等待着开花结果。

中国人开始往他们摆设的礼帽里撂硬币了，也有大方者投以十卢布甚至五十的纸币。当然，没有卢布的，就直接放人民币。人民币在当今俄罗斯已经变成了硬通币。

吹奏者都是风烛残年的老者。他们吹奏时表情呆滞，眉宇间凝着疲倦和哀愁，但却十分卖力，不过，他们的卖力不显得媚俗。他们既不感谢那些投币者，也不白眼那些纯粹观看又不掏钱的小气客人。我喜欢这种忧郁的氛围，也掏出一张大面值的人民币。我知道，这就是我隐匿埋藏在血脉中的前苏联心结。我分析，这帮俄罗斯老者，恐怕也有这种怀旧情感，于是就寻觅中国人的踪迹，专为中国人下套，也从中找到了自己炫目的过去。他们让我心尖震颤又漫舞着淡淡的酸楚。

1973年，我上高一，因下厂接受工人阶级再教育，去一个汽车运输站修理车间锻炼。那车间有一位会拉手风琴的胡大哥，周围蹲伏有一群喜爱音乐的青工，他们经常聚集在宿舍门口听胡大哥拉琴唱歌。我也成了"蹲伏"者之一。胡大哥风流倜傥，才华恣肆，他边拉边唱边跳，情真意切，很有煽动力和诱惑力。他唱的歌与高音喇叭里放的歌味道迥异。《三套车》、《小路》就是那时跟他们学的，我发现他们唱的歌有一种抚慰和穿透心灵的力量，沧溟，凄婉，勾魂，歌词更让人游梦般遐想。那时苏联是修正主义，中国与苏联既斗嘴又动武，如小孩打架一般，苏联歌曲已没有人敢唱，我第一次听到时感到心惊肉跳又清新亢奋。

那心惊肉跳也证实了一个十五岁少年的心理感应的准确性。

果然，没有几天，我就被学校领导在大会上不点名批评了。领导说：现在有极个别同学与社会上不三不四的人混在一起，光天化日之下唱黄色歌曲，肮脏低俗，什么心爱的人啊，乌七八糟，那是"苏修"对青少年的腐蚀，是阶级斗争新动向……于是班主任老师就找我谈话了，他严肃愤懑地说，你是一个一向老实本分的好学生，你不要再与社会上的人交往了，不然就把你毁了。老师还说，你只要再不去，我保证不开除你。

我的头如五雷轰顶般炸了，一阵嗡嗡嘤嘤直响，浑身哆嗦着，眼里迅速流出了恐惧和无知的泪水。我始终没有敢说一个字一句话。我惊惧着，迷茫着，有种心力交瘁之感。那是一个少年对自己前途悲哀、渺茫的惊惧。虽然我想，胡大哥是工人阶级的代表，那些青工也是工人阶级，他们是先锋，是榜样，但我没敢说，也不敢争辩。

我再也没去过那个职工集体宿舍。我想，那可能真的是"黄色"、"肮脏"歌曲的老巢。后来，有一天夜晚我路过那里时，看到胡大哥他们依然在喧闹，澄明的夜灯下，声音似划破阴翳的利剑，熠亮着，炫目着，直刺我发抖的心扉。我悄悄躲在远处隐伏了很长时间。当我意识到那是犯罪之后，才惊厥而惶遽地逃走了。我的心脏咚咚狂跳了很久。

班主任老师的话很兑现，我果然没有出什么事。

即使这样，那次"黄色"歌曲的启蒙教育，那些缠绵、隐逸的优美曲调和令人慌乱、心跳的歌词，还是深深地蛰伏在了我的心底。以后，每每听到它们，都恍如有刻骨的、凄迷的画面溢出，像溢流的浊水，满目苍凉也恍如隔世。

我又拿出一张二十元人民币递给演奏者，说，再奏一遍《喀秋莎》。他们表情木讷但十分遵命地演奏了这首充满苍凉意味的老歌。我觉得，在圣彼得堡的这片绿意森森的树林中，在这个女皇们争风吃醋的豪华寝宫旁，能悉心听一听多少对自己有着奇异意蕴的老歌，是对那些流逝岁月的怀恋和阐释。

"她在歌唱心爱的人儿……爱情永远属于他……"

前几年酒店、歌厅时兴卡拉OK，吃者醉眼惺忪时会自选拿手的歌曲，每每展唱，别人都有新歌，而我，只会几首苏联老歌。有人烦了，说，你怎么老唱这几首？我说，我记不住新歌。

说起来，我这个年纪的中年人，并没有多少对苏联的亲昵记忆。上小学时，苏联已经变"修"了。听大人们讲，苏联让我们还债，鸡蛋、苹果一律用筛子过，小了不要，大了也不要。后来就开始"备战"，大人们又说，苏联飞机八分钟就能把炸弹撂到我们居住的工厂。那工厂是一座炼油厂。那工厂如若爆炸了，熊熊烈火不可想象。我父亲是守卫炼油厂的野战部队军官。我惊悚于苏联这个超级大国的军事实力。后来武装流血事件就发生了。在巴尔鲁克山，牧民、民兵与苏联军人发生了冲突，苏联军人用直升飞机赶我们的羊群，我们的牧民用鞭子、木棍抽打直升机。我很想去巴尔鲁克山与老毛子拼搏一番。

四十年后，我到当年巴尔鲁克山冲突现场走了一遭，那里已是大家广为流传的"小白杨"哨所。同学大戎给我指点当年民兵与苏联边防军短兵相接的细节，那细节恍惚就在眼前晃动。我似乎又回到了那个对苏联咬牙切齿的年代。大戎说，从这个三角地带往前走几公里，就是哈萨克斯坦，前面那个褐色瞭望塔就是他们的。

是的，物是人非，那个曾经庞大的苏联早已不复存在了。我们却梦呓般地怀恋着它的老歌。我们声嘶力竭又神清气爽地吼唱着，沉迷在那个如鲠在喉的苏联时代。这是一个悖论,也是一个实实在在的怪圈。

应该说,我生长的青春期,宣传机器并没有鼓呼过苏联多少正面的东西。但苏联那些豆芽状的音符,低沉又忧戚的曲调,就这样极端地黏附在我的血液里,涸漫在我的肌理中,骨殖于我的钙质上,融合着,隽永着,秉持着一个不变的方向。今天,看着这些街头忧郁的俄罗斯老艺人,我的心颤栗了。在俄罗斯,已经没有多少人再提及前苏联了,他们会唾沫星子四溅地炫耀彼得大帝,献媚叶卡捷琳娜二世女皇,还会滔滔不绝地叙述宫中那些尔虞我诈的斗争细节,但,他们不说列宁,不说斯大林。在赫鲁晓夫墓前,他们也不说这位中国人不太喜欢的前苏联大人物的好话。这的确让我戳心。

实际上,我们喜爱苏联老歌,是喜爱生长在我们自己心底的情感记忆。那些豆芽状的音符,只需稍稍抚慰,就会发芽,就会飘举,就会茁壮成长。它们对我们的影响是不可言喻的和细润无声的。

街头艺术家们又换歌了。居然是那首节奏明快、简约洗练的情爱歌曲《我心儿不能平静》——它出自一部叫《办公室的故事》的电影。二十多年前,我是在初冬的有些许寒意的露天球场看的它。那天,我女友给我送了一件手织毛背心,我感觉那歌曲粘附着温婉的情愫,洋溢着浓浓的暖意。

冬宫

他在美轮美奂雕像中穿梭着。他的动作敏捷而干练。他不能不敏捷,因为子弹正呼啸着从他头顶飞过。他伏下身子,悄悄从女人雕像的小腿处伸出了枪管。那是一支老式驳克手枪。于是,一粒粒子弹就飞了出去,冒着一股股青烟,接着就是啾啾啾的声音。女人雕像被弹头击中了,溅起了白烟,我心揪着,仿佛感到了那冰凉女人的疼痛。

那是 1968 年夏天,我在操场上观看苏联电影《列宁在十月》。那一年我十岁,很崇拜列宁聪明的绝顶和潇洒的手臂。那是一位伟人引领我们面向未来的神圣手臂。十岁的我心存幻想,也心存高远的志向。我企图沿着列宁挥出的手臂去解放和拯救生活在"水深火热"中被新沙皇奴役的苏联人民——一个概念糊涂又懵懂的纯真少年。那一年,许多孩子都会复述这部电影中的一句名言。它就是刚才射击者说出的名言:接线的小姐们都昏过去了,昏——过——去——了!

那个穿梭于雕像群中的持枪者叫马特维耶夫,是列宁时代苏维埃的一个卫队长。我崇拜他的勇猛、诙谐和灵动。

然而纷繁奇诡的生活是没法揣测的,我在毫无心理准备的情况下，来到了圣彼得堡——这个曾经的列宁格勒。潜伏已久的亢奋，让我的心脑血管变的膨胀而宽阔，我不得不吞咽下一片降压药，以缓解心灵的压力。

距那次观看露天电影四十年了，世界早已发生了地动山摇的变化，而我的心仿佛还停留在十岁。踯躅在马特维耶夫当年举枪射击的大厅里，我轻轻抚摸着一尊尊精美的雕像，耳边依旧能听到子弹的啾啾鸣叫。我甚至企图找到那尊小腿被弹头撞击后留下裂隙的女人雕像。马特维耶夫高声说：大家要保护艺术品……它们是十分珍贵的艺术品。

十月革命的前辈居然要保护"资产阶级"的艺术品，当时我十分蹊跷，也十分迷惑。那是一个童孩的真实迷惑。

这就是冬宫留给我的纠缠不清的秘密。彼得堡——彼得格勒——列宁格勒——圣彼得堡。在这个名字不断变幻的城市里，冬宫似乎没有变，它像一块冬日里凝固的蓝色宝石，坚硬而冷艳地散着光，呈现着它的多重美丽。我想，马特维耶夫都酷爱冬宫的艺术品，我没有理由不倾心向往。

沙皇时期的冬宫早已不复存在了，虽然在十八世纪阴郁的俄罗斯大地上，它曾经辉煌而炫目，虽然它曾经是伊丽莎白女皇最华贵的巴洛克建筑，并且在它的广场上举行过盛大的庆典，行走过庞大的马队和威武的战车。那个名叫拉斯特雷利的意大利建筑设计师，曾经得意地抽着雪茄，神情傲慢而自恋。因为冬宫是他设计的。老沙皇彼得一世就很崇尚西欧建筑，尤其是法国巴黎的建筑。拉斯特雷利得意于自己设计的突破，他把巴黎建筑的典雅之美给放大了。于是老沙皇就笑得合不拢嘴了，因为他的地域正在无限度地扩充着，他有幅员辽阔的大地。彼得一世的大地可以任拉斯特雷利打开想象空间。

圣彼得堡就是老沙皇彼得一世在 1703 年 5 月开始兴建的。扩充地域让彼得一世尝到了土地辽阔的甜头。他于是就想到了中国西部巴尔喀什湖周边的大片翠绿草原。他想得到它。那一年大清国主持政务的皇帝是圣祖康熙——爱新觉罗·玄烨。老沙皇们一边兴建冬宫，一边用目光丈量着遥远东方的土地。

马特维耶夫卫队长向冬宫的核心部位进发时，停泊在涅瓦河上的阿芙乐尔号巡洋舰的大炮已经向冬宫打响了第一炮。那是被我们誉为震动世界的第一炮，也是无产阶级轰向资产阶级的第一炮。我清楚地看到，阿芙乐乐号巡洋舰的水兵们并没有把炮弹打到冬宫华丽的拱顶上，也没有蓄意破坏那些精美的男像柱门廊，水兵们只是让炮弹落在了冬宫广场那根著名的亚历山大纪念柱的旁边。浓浊的烟雾顿时覆盖了纪念柱的尖顶。那根纪念柱也是经典艺术品，它是用一整块花岗岩巨石雕刻完成的，重达六百吨，它看上去高耸，伟岸，充满灵性。我抚摸着它光滑的外表，从内心里体味着列宁时代水兵们对艺术的潜在爱意。

冬宫广场是一个大广场，先前我以为只有天安门广场是世界上最大的广场，然而看了冬宫广场，我想说，它一点不小。在冬宫大铁门前、台阶上、楼梯口处，我寻觅着当年革命者留下的痕迹，我没有发现异样和残留的弹痕。我很失望，但我还是感受到了攻打冬宫时的山呼海啸，以及那些临时政府官员们被吓得魂飞魄散的状态。

我还听到了"乌拉！乌拉！"的欢呼声，它依然响彻冬宫的上空。

冬宫最早的艺术品是叶卡捷琳娜二世收藏的。她于1764年从德国商人郭茨科夫斯基手里购买了二百二十五幅西欧名画。那时，冬宫是叶卡捷琳娜二世的私人博物馆。在列宁引领下的苏维埃红色政权赢得了十月革命后，冬宫才真正成为艺术博物馆，名叫国立艾尔米塔什博物馆。如今有许多圣彼得堡人把它叫隐士宫，因为法语的艾尔米塔什就是隐宫的意思。我想，这样称呼的另一层含义是，它曾经是女皇隐藏个人心爱之物的地方。它潜藏的东西很私密。

1922年，一批喜爱艺术的革命者，把昔日的皇宫变成了让广大无产阶级享受艺术的天堂。今天，我仔细揣摩着这些纷繁迤逦的历史过程，觉得弗拉基米尔·伊里奇·列宁在1917年10月20日从芬兰潜回彼得格勒是一个历史性的门槛，也是一次美丽的定格。

由于喜爱艺术的缘故，我在冬宫正门大厅就与同行的朋友走散了。我专注地欣赏着金碧辉煌的有漂亮台阶的约旦大厅里的古典艺术。它们是古埃及、美索不达米亚和古希腊文明，还有伊楚利亚和西伯利亚原始部落的文化。那个最著名的贡扎加浮雕宝石上有古埃及国王托勒密·费拉得尔费及王后的雕像。那宝石制作于公元前三世纪，仅磨光缠丝玛瑙石就需要用数年时间。

意大利文艺复兴巨匠达·芬奇的《圣母丽达塔》，是一件创作于1491年的名画，它静静地存放在华贵的达·芬奇大厅内。慈祥的圣母怀抱着一个健壮的婴儿，那婴儿顽皮地吮吸着圣母的乳头，眼睛却目视着画面之外的地方。那幅画清新明丽，平缓柔和的光线和细腻精湛的笔触,让我感动不已。艾尔米塔什博物馆还展出有达·芬奇的《戴花的圣母》以及拉斐尔的《科涅斯塔比勒圣母》和米开朗琪罗的雕塑《蜷缩成一团的小男孩》。是的,冬宫里还藏有罗丹、凡·高和马蒂斯的名作,它们各臻奇妙地炫示着它们的风采。过去,我多少知道一些冬宫的收藏,却没想到它会这样富足和饱满。它让我心灵淡定而满足。

罗丹是一个把石头变成生命的雕刻家。他在坚硬而冰冷的石块上完成了一个又一个心灵的叙说。他的叙说带着人类的思念、孤独、情爱、渴望与激情。罗丹总是一次次把人类企图追求的完美思想,雕刻在石块上,给它赋予灵性,让它变成实实在在的高旷绝尘。《思想者》、《加莱义民》、《地狱之门》,都曾经令我沉醉。当我面对那件叫《永春》的雕刻时,愕然了,它的精雕细琢和粗犷斧劈,都完美地表达了作品的主旨,以及蛰伏在主旨之外的意蕴,尤其是青年男女光滑柔润的肌肤,真实而质感,令人叹谓。我想,那肤若凝脂般的质感是在男人与女人嘴唇吻合的一瞬间爆发的。那是一个激情美丽的瞬间。然而,当你仔细观察时,就会发现,原来罗丹并没有雕刻男人和女人的嘴唇,它们竟然是紧紧连在一体的。那是一隅男人和女人不分彼此的相通境界。于是,他们融合了——在细腻的皮肤与头发的交错处,突然用虚化融合手法来表现男女青年的接吻,只有大雕刻家罗丹会创造。

凡·高的油画《小农舍》作于 1890 年。虽然那幅油画看似并不起眼,却拥有着凡·高情火四溅的笔触和令人心颤的阳光色调。那正是凡·高充满深情又难以自制的创作兴奋期。他的骤然明媚起来的画面,他的阳光下明快生长的花草与微微颤动的农舍,形成了一组迸射着激滟波光的生命气息。凡·高后来创作的《麦田上的乌鸦》,就没有《小农舍》的明丽和畅快,麦田上鸦群的翅膀就如同黑色的地狱一般。于是,凡·高绝望了,就思念那个有明丽阳光的大地,就吞弹自饮在了旷野上。埃尔米塔什博物馆为我们找回了凡·高明亮而炫目的清新面目。

1910 年,法国画家亨利·马蒂斯创作的《舞蹈》是一幅经典名画。他的舞动的裸体男女,像一片舞动的红云。男女们手牵手伸展着四肢,在深蓝而忧郁的背景映衬下,显得精神饱满而心绪纷杂。马蒂斯的画,笔法粗犷,硬朗率性,超拔不羁。马蒂斯大约想叙说人类复杂的主观心态,那是人们在困境中执著追求的心态。于是马蒂斯就被人们称之为"野兽派"画风。马蒂斯曾经说:我最期望的,就是表现……我不可能奴隶式地照抄自然。

当然,拉奥孔是没法躲避的艺术经典。那尊著名的古希腊大理石群雕,曾经珍藏于古罗马皇帝提图斯的皇宫里,是 1506 年由意大利人佛列底斯在葡萄园里挖到的。据说献给了教皇朱理奥二世,并且请大艺术家米开朗琪罗修补过,但米开朗琪罗没有完成。拉奥孔居然也收藏于冬宫之中,这似乎又让我惊讶了。

《拉奥孔》雕像群描绘的是拉奥孔和他的两个儿子被巨蛇缠死的故事。十八岁那年,我读德国启蒙运动时理论家莱辛的《拉奥孔——论诗与画的界限》时,就没有搞清楚是先有了希腊雕像《拉奥孔》,还是先有了古罗马诗人维吉尔《伊尼特》中的拉奥孔。但是,我没有为它们纠缠不休,因为我看到了雕像——《拉奥孔》。这尊由古希腊雕刻家阿格桑德罗斯与他的儿子波利多罗斯、阿塔诺多罗斯共同创作的群雕,气势磅礴,形象逼真,呈现为金字塔形状。拉奥孔与两个儿子的动作姿态和表情相互呼应,层次分明,体现了扭曲与美的协调,是一组气韵非凡又铿锵有势的艺术经典。

次年五月,我女儿从罗马打来电话说:爸,我在梵蒂冈博物馆看到了《拉奥孔》群雕的原件,冬宫里的《拉奥孔》是复制品。

我为冬宫的虚伪倒抽了一口凉气。

彼得大帝的手

彼得一世是我略微知晓的几个俄罗斯沙皇之一。他常常被人们称之为彼得大帝。那声名威震四野,掷地有音。彼得大帝最早给我的印象是阴险、贪婪、霸道、冷酷。这与我十岁时知晓新沙皇觊觎我脚下丰腴的准噶尔大地有关。

在云翳低压的圣彼得堡,我看到了数座彼得大帝的雕像,其中一座是法国人法尔康纳 1766 年创作的名雕《青铜骑士》,另一座是当代美国人佘米亚金 1991 年创作的《彼得一世铜像》。这两座雕像传导给我的信息与形象,与我脑海里固有的信息和形象有所不同。这两尊器宇轩昂的雕像,面部表情都有些模糊不清,尤其是《青铜骑士》,灰黑而萧瑟,显得过于小巧和繁缛,与它响亮的声誉很不匹配。美国人的新雕塑,更是离谱,那彼得一世颇像一个变形怪异的滑稽演员,表情萎靡而搞笑,那奇特而修长的双手,颇像蜘蛛的大脚。我不知道那个美国人是不是真有俄罗斯血统,但我觉得他对彼得一世有偏见。当然,俄罗斯民众似乎并不在意美国人如何捏拿彼得一世,他们似乎在想,三百年前的彼得一世,被重新拿出来揉搓已经很给面子了。之前,有许多苏维埃领导人的雕像,譬如斯大林铜像,不都被清理了吗?甚至还改掉了"列宁格勒"的名称。

那是一双奇异的手,纤细、修长,十个手指骨节也奇大。于是就缺少了肌肉与脂肪，就如同蜘蛛的长腿一般。美国人佘米亚金的想象很有穿透力，我以为他的创意很贴切彼得一世的生平实际。佘米亚金大约是经过深思熟虑后创作的。俄罗斯帝国的扩张行为由来已久，在十五世纪末，俄罗斯国就悄悄使自己的土地延伸到了北冰洋、乌拉尔山和鄂毕河，那时俄罗斯国就已经成为欧洲幅员最大的国家。从彼得一世开始，这个扩张成果便在火光、厮杀、呻吟、绝望的缭乱之中，丰润起来，博大起来。当然，彼得一世的最大功绩，是创建了圣彼得堡，并且将其建为俄罗斯帝国的首都。这的确是一个大胆又摧枯拉朽的设想。

彼得一世于1703年开始兴建位于涅瓦河三角洲兔子岛上的城池——圣彼得堡。在这之前，他曾率领着他的远征军两次攻打过土耳其的亚速。他尝到了甜头，于是就率兵一气攻占了波罗的海沿岸的诺特堡、尼延尚茨堡、纳尔瓦和伊万哥罗德。所到之处，尽显血光、残忍、屈辱、倾覆和沦陷。战车与尸体的碎片翻卷着，曾一度让夕阳悲悯地逃逸。于是彼得一世就得意地自封为彼得大帝，他也果真让俄国变魔法似的变成了一个地大物博的俄罗斯帝国。

彼得大帝的睿智、狂傲和勇武是从小磨砺而成的。自古皇帝大多在磨难与荆棘中成长的——那是历史证实的经验。彼得一世似乎就更为不幸，他四岁时父亲老沙皇阿列克谢就一命呜呼了。于是比彼得大的阿列克谢的三子费奥多尔就做了沙皇，然而仅仅六年费奥多尔就病逝了。于是就确定在阿列克谢的前妻与后妻的两个儿子中选一位沙皇，不论年纪大小。这两个儿子就是伊凡和彼得。伊凡十六岁，彼得仅十岁。但伊凡弱智且身体有病，于是就引发了一场宫廷内部的激烈斗争。在克里姆林宫那场惊心动魄的自相残杀中，十岁的彼得，亲眼目睹了自己亲姐姐索菲娅，命令射击军杀死了两个支持他的亲舅舅的过程。那个过程血腥，残酷，人性泯灭，让彼得惊悸，悲凉，也让彼得的幼小心灵埋下了仇恨的种子——那是一颗诛杀亲情、嗜血骨肉的邪恶种子，也为日后彼得的杀人不眨眼埋下了伏笔。

宫廷斗争的结果是：伊凡和彼得同时登上沙皇宝座。这就是俄罗斯历史上出现的两位沙皇共同执政的奇异怪事。它大约也是世界各国皇帝当朝中最奇诡的现象。第一沙皇为伊凡五世，第二沙皇为彼得一世。其实，那只是给小毛孩彼得一个面子而已，真正沙皇权力的控制者是姐姐索菲娅摄政王——索菲娅的举止颇像中国大清王朝慈禧太后的垂帘听政。她如出一辙地在伊凡五世宝座后背开了一个小窗口，通过小窗口用她那不容改变的坚硬口吻指挥伊凡五世朝政。

实际上，在1662年5月，彼得一世就被赶出了克里姆林宫。他苟活在莫斯科郊外一个叫普列奥布拉仁斯基的村庄里。他被变相地囚禁了。

彼得不会坐以待毙。他幼小心灵里的睿智与阴险共同地疯长着，漫溢着。在羽翼丰满后，彼得肯定还会杀回皇宫。历史果真应验了人们的判断。那个卑劣残忍的复仇故事很凶残也很惊心动魄。但那故事不是我要叙述的重点。不过有一点十分重要，那就是，彼得一世后来的狂暴、凶狠、隐忍与海纳百川吞噬一切之霸气，就来自于他幼年时的悲愤和仇恨。

如今，我们许多学者文人都开始纷纷为彼得一世歌功颂德了。我想，这不是学者们的错，它可能来源于彼得奇诡又苦涩的幼年。学者们说，彼得一世对内改革，对外扩张，使一个原本封闭、落后的内陆俄罗斯，一跃跻身于欧洲强国之列。我也同意这个说法，谁让彼得率领的俄罗斯帝国强大起来了呢？但我更同意前苏联历史学家诺索夫对彼得的评价。诺索夫说："彼得一生的活动，可以说充满了脚踏实地的苦干精神"，他"身体力行，在任何困难面前没有裹足不前。"这话显然比较中肯，没有添油加醋阿谀奉承的味道。彼得一世有一点让我仰视，那就是他曾化妆匿名与荷兰的底层工匠们一起劳作，粗茶淡饭，学驾驶军舰，干体力活。最终学到了手艺，摸索到了那个用技术打开文明之门的钥匙。彼得不仅在荷兰，还到过瑞典、普鲁士、奥地利及英国。没有人知道他就是俄国沙皇。其实，彼得后来的改革思想，就来自对西欧各国经验的咀嚼与效仿。他还提倡用文明礼节陶冶贵族，劝导青年要具备殷勤、谦逊、恭敬三大美德。不过那是真美德还是假美德，我持怀疑的态度。

被俄罗斯文学之父普希金歌颂的彼得大帝——《青铜骑士》雕像，是一尊彼得左手握缰绳，右手伸展五指，做着一个潇洒而霸权动作的雕像。那只霸权的手没有伸向上方，而是手心向下，像要覆盖什么东西似的。我想，彼得大帝的这个著名动作，大约明示了他想要覆盖和抚摸大地的意思。那个法国雕塑家法尔康纳很了解彼得大帝的心思。

普希金的《青铜骑士》说：我爱——涅瓦河的水流，送坚冰入大海，春来日，捎来你们战场的硝烟。自豪啊，彼得大帝的首都。我想，普希金的诗多多少少是大国主义思想的隐喻，他歌颂彼得大帝，是为俄罗斯民族而放声吟唱，他不可能没有偌大的狂傲与高远的指向，说穿了，也是手心向下的彼得一世的野心的诠释。虽然，我十分崇敬和喜爱伟大的俄罗斯诗人普希金，但我仍然要说，"青铜骑士"隐藏着扩张的野心。

不过，在我与美国人佘米亚金新作，彼得一世铜像，合影时，我觉得彼得又很像一个演滑稽戏的幽默演员。他的长相很搞笑，一点没有了冬宫里彼得一世画像的威严与潇洒。他的脑袋奇小，脸有些瓦刀状，眼睛瞪得很圆，四肢奇长，并且呆板地坐着，与那个骑马勇武的彼得判若两人，尤其那细长的手指，纤细而奇大，酷似蜘蛛伸出的长爪。我用手捏了捏彼得一世的手指，他显然不知道疼痛，表情依然在搞笑。我发现，彼得雕像的手指是整个雕塑磨得最亮的地方，它闪着熠熠的光芒。我觉得美国雕塑家的用意很卑琐，他想让人们从中悟出一个道理：彼得大帝是靠他这张奇特的大手，拿下广袤无垠的俄罗斯大地的。这一点倒是与法国人法尔康纳雕像的最终意味有些吻合。

1701年至1711年，彼得大帝曾派遣过两支考察队，企图打通印度、中亚细亚和中国准噶尔盆地的道路，但由于力量所限，两支考察队的老毛子都没能完成使命。1722年，彼得再次下令入侵波斯，占领了里海西岸和南岸。随后，发布了测绘、收集中国北方及中亚地图资料的命令，并且派人持枪核弹进行了地质勘察，寻找到了铁矿、铜矿，同时还虎视眈眈地盯上了中国长城以北的大片土地。如若不是1725年彼得患上流感丧命，彼得大帝向中国下手是早晚的事。事实是，彼得死后，多数执政的俄罗斯沙皇都延续了老沙皇彼得的思维理念，他们没有放弃对中国的奢求与饕餮吞噬。于是，就发生了最令人痛心的割让五十四万平方公里土地的《中俄伊犁条约》、《中俄乌里雅苏台界约》、《中俄塔尔巴哈台界约》等无法返回的不平等一幕。

涅瓦河上的张望

　　那是一部叫《黑流》的小说，里面有一个俄罗斯姑娘叫爱丽娅。她有幽兰透碧的眸子和妖娆多姿的风韵。那是二十年前我写的小说。那时候苏联还在，中苏关系也处在恢复阶段，两国的口岸已经红红火火地开放。小说的时间跨度较大，有爱丽娅来准噶尔大野寻找母亲恋人的情形。爱丽娅的母亲曾经是上世纪五十年代中苏石油股份公司的职员。那时中苏青年卿卿我我恋爱的故事很普遍。爱丽娅来自有涅瓦河的列宁格勒。圣彼得堡那时叫列宁格勒。其实我写爱丽娅并没有底气，因为我不了解涅瓦河，我只是臆造了一个所谓浪漫多情的俄罗斯姑娘。那是我目光短浅的悲哀。

　　那篇虚构文稿居然让我写了涅瓦河、涅瓦大街、喀山大教堂和花岗岩护河堤。其实，我的一知半解均来自果戈理的《涅瓦大街》、《鼻子》，列夫·托尔斯泰的《安娜·卡列尼娜》和一个叫五木宽之的日本作家的《看那灰色的马》。现在想来十分搞笑，我当时在懵懂状态下，居然敢大言不惭地讲述陌生的列宁格勒。

　　现在，我站在了圣彼得堡涅瓦河的一条斑驳旧船上。我和几位文化学者竟然与现实中的金发俄罗斯姑娘一起跳踢踏舞，喝伏特加酒，吃墨黑墨黑的鱼子酱，听苏联老歌——那些令自己倾倒的《三套车》、《小路》、《纺织姑娘》。歌声里的姑娘仿佛就是爱丽娅、冬妮娅、卓娅、喀秋莎以及娜塔莎。她们代表着我曾经熟知的俄罗斯姑娘的一切。

涅瓦河水色深沉，泛着深秋的凝重和冷峻，河两边的建筑随着旧船的流动，时而清晰明丽，时而朦胧模糊，如翻阅延展的历史画卷一般——彼得堡罗要塞的塔尖，像一柄利剑直刺晴空；海战胜利纪念柱的四个巨人雕像，据说象征着伏尔加、第涅伯、涅瓦和伏尔霍夫四条俄罗斯大河；旧海军总部大楼那淡黄色的严整简洁风格和冬宫华丽精美的巴洛克风格，相映成趣，熠熠生辉；冬宫广场中央的大纪念柱，是为俄罗斯战胜拿破仑而建的亚历山大一世沙皇圆柱，依然飘洒着世界同类建筑精品的风范。

河畔深绿色的水面上停舶了一艘老式军舰，它静静的，如一座庞大的灰蓝色建筑——它就是著名的阿芙乐尔号巡洋舰。就是它1917年打响了十月革命的第一声炮响。曾经有许多年，一提到十月革命，我眼前就会浮现苏联电影《列宁在十月》中阿芙乐尔号的炮弹落在冬宫广场的壮观场景。那是我人生成长过程中最难忘的教科书。它让我的思维模式永远定格在了那个充满幻想的革命年代。

露天咖啡馆是涅瓦河边的一道风景。那些精巧的咖啡店或小酒吧，大多还遗留着夏季忙碌的痕迹。虽然深秋了，依然能透过玻璃窗看见室内奶白色的灯光和攒动的人头。当年那些风雅才子们，往往都把自己装扮成一个个贵族模样，或三三两两在咖啡馆里吟唱诗文，或带着身影摇曳的丽人，喝着又浓又苦的咖啡，释放着多样的风情。于是，我就恍惚看见了一个人。一个俄罗斯民族推崇的民族英雄——普希金。

亚历山大·谢尔盖耶维奇·普希金的确是当今俄罗斯人依旧崇

敬的世界级著名诗人。无论在莫斯科或圣彼得堡，似乎随处都能看见普希金的雕像或者故居，至少我就亲眼看到了四五处。

涅瓦大街似乎还漂泊着十八世纪的古旧气息。那些依旧华丽隽美的巴洛克建筑，那些严谨庄重的俄罗斯式柱廊和浮雕，都散发着当年古旧的情调。

涅瓦大街上有一个普希金咖啡馆。曾经在1833至1837年，普希金几乎是这家小店的常客，他一边喝咖啡一边低头浅吟着一首首神奇的诗句。他眉清目秀，秉性孤傲，潇洒倜傥，多情善感——《青铜骑士》、《黑桃皇后》、《上尉的女儿》、《叶甫根尼·奥涅金》大约就是在这个咖啡馆酝酿和构思完成的。在与法国人丹特斯决斗前的1837年2月的某一天，普希金还来这家咖啡馆喝过伏特加酒，并且神情自若地向店主做了一个胜利的手势。然后就将双手塞进衣兜，义无反顾地走了，再也没有回头。那时他感觉心灵透亮，并且燃烧着一颗炽烈的火球。他希望那火球变为枪口上的永恒，焕发出永存的爱意。普希金行走时的样子很英武。如今，这个以普希金名字命名的咖啡馆，门口有普希金腊像，二楼餐厅有普希金大理石雕像，俨然就是一个普希金之家。我想，这肯定是后来老板的蓄意炒作，他是为了招徕更多的顾客而精心设计的。

普希金的青少年时期，曾就读于叶卡捷琳娜宫旁的皇村学校，现在那里叫沙皇村，又叫普希金城。那是一个绿树环抱下的有浓荫、有鸟语花香的贵族学校。深秋的金黄树叶，一层层的散落在地上，如地毯一样，脚踏时有一种柔软的亲切感，那沙沙的声响，会勾出你遣绻的人生经历。当年，普希金也在这里的某条小道上作诗，恋爱，并且粗鲁地拥抱女友或者温馨地接吻。那些高大长寿的桦树、椴树、菩提树,似乎还散发着普希金时代的气息,让人迷恋和心仪。普希金曾说:一整天,无论是如何忙碌,占据我整个身心的唯有你。

这位名叫普希金的俄罗斯文学之父,俄国诗歌的太阳,最终年龄止步在了三十八岁。那是一个青春喷发又才华横溢的年华,然而他却被阴谋暗算了。普希金从咖啡馆出来后就与那个法国籍宪兵队长丹特斯开始了为尊严和爱情而战的生死决斗。他中计了,受了重伤,没有几日便离开了人世。有资料说,沙皇的鹰犬也参与了决斗的密谋。

那一年,人们称:俄国诗歌的太阳沉落了。

别林斯基说:从普希金起,才有了俄罗斯文学。

我说:是的,普希金是我最敬仰的诗人。

经营咖啡馆的胖老板说:这个咖啡馆与普希金时期的摆设一模一样。这显然是谎话。当年它是涅瓦大街18号。

除了留有大鬓角、头发鬈曲的普希金,涅瓦河还养育过许多声名显赫的大艺术家。他们时常会穿那种黑色燕尾服,坐那种老式马车,在得得马蹄声的伴随下,穿梭于涅瓦大街的教堂、私人庄园、剧院、舞厅、酒吧,当然有时还不得不进入监狱。他们是托尔斯泰、果戈理、屠格涅夫、柴可夫斯基、陀思妥耶夫斯基、穆索尔格斯基、莱蒙托夫……他们的生活圈子大都泛滥着贵族慵懒的糜烂气味,同时,他们也在为冲破这个圈子而做着身心疲惫的努力。在宽阔平坦的涅瓦大街上,他们用他们的才华和思想勾勒出了一个个一组组流失了的那个时代的丰腴人物,那些人物或风光旖旎或形象猥琐或虚情假意或命运悲惨,显现出了涅瓦大街的奇诡、多重、晦暗、阴郁的世间百态。当然,安娜·卡列尼娜就是他们勾勒出的人物的典型代表,她最终放弃了彼得堡涅瓦河畔的贵族生活，烦躁了，心碎了，忧伤地走向了铁轨，结束了她奇异的爱情。而现实中在普希金去世后，果戈理也变得沉默而郁郁寡欢，终于他也痛苦的离开了涅瓦河，匍伏在了罗马的西班牙台阶上。

游船上的俄罗斯姑娘拉起了我的手，示意我们一起跳舞。我于是伴着伏特加酒的酒劲，也举胳膊抬腿地跟着扭动和踢踏起来。我的动作有些笨拙。那大约是伏特加酒在做怪，其实这种酒很平实，口感也很绵气。不像我们的伊犁特曲，喝起来总感到背后有人在用脚踢你，火烧火燎地追赶着你。伏特加酒没有那么冲，柔中带刚，它让我们四人失控地喝了三瓶。

在流动的涅瓦河上，追思回忆风色凄迷的圣彼得堡，抑或是邂逅涅瓦大街上那些形形色色的行走艺人，似乎一切都很古旧，又似乎一切都很新鲜。那些陈年故事如斑驳的河边建筑一样，时而闪闪烁烁，时而又黑影憧憧。它们透溢着一些沉重，一些悲凉，也阐释着一些顿悟和一些懵懵懂懂的思考。

在涅瓦河中间向岸边张望，一切仿佛都没有变化，一切仿佛又都是新的。

在散文广场游历

赵钧海

　　《隐现的疤痕》是我的第六本书。本应该亢奋和沾沾自喜,却已经没有了曾经的辗转反侧。回想自己,业余写作整整三十年,收获微乎其微,个中酸涩自然只有自己知道。期间搁笔十年,待重新提笔,竟然是由虚构的小说转为非虚构的散文,这也让一些朋友遗憾和凄楚。好在终究有一个兴奋点,就是六本书中有四本都是今年出版的,这使我始料不及。

　　说起来,《隐现的疤痕》还是有点匆忙,似乎少了一些沉淀,因为所有文字都是近两年的新作。这几年在散文广场游历,多少也积累一些新的认知和顿悟,手中之笔虽然有时会踯躅徘徊,但总有内心深处的一心一意让自己润滋与安宁。——它像一缕清风,打开了我的心扉,舞动了我的生命履历,牵引我在感动中寻找,也赐予了我生活的渴望。

《隐现的疤痕》阐释较多的还是早年记忆，它让我有一种追忆的快乐与惬意。——疤痕在许多年之后会变成幸福，会让你思考，会让你享受。——或许人的一生永远在疤痕中行走。在行走中看周边，看世界，看别人，看自己。三个月前的一次意外骨折，终于让我的身体留下一块更大的疤痕。这仿佛是一种隐喻，它预示了一种必然指向。这次骨折也让我五十多岁首次住院。——笼盖在洁白中的医院，曾经给我的印象是恐惧与疏离，但这次它却变成了亲近与亲和。过去，在医院里总是充斥着痛苦、不安和焦灼，现在却变幻为亲切、美妙，漫溢着家的味道。

让我淡定和动容的当然是新疆美术摄影出版社、新疆电子音像出版社，一年之内，为我出版了两本书，相当的扶持和抬举我。感谢于文胜社长，感谢王族组稿和责编，我一直仰慕王族先生的散文，像他这样独树一帜又汹涌喷发的优秀散文家卓实不多。

我还要感谢多年好友、兄长、著名作家董立勃先生，在忙碌的业务行政及小说创作空隙，他还为拙作作序，使我心存温暖和感激。一个人从二十几岁到五十几岁会遇到许多朋友，但真正志同道合又长久相伴的至友还是凤毛麟角。立勃兄让我有了这种切肤体验。

在我住院期间，有不少多年未见的老友突然出现，为我抚平疼痛，也让我快乐无比。感谢陈培武、马诚、王玲、方洲、谢志强等诸位朋友和大夫，没有他们的倾心投入与呵护，我的痛苦会更加深重,尤其要感谢王玲大夫,她的不断努力,使我的康复之路充满了温馨。

当然还有家人,妻子、女儿和女婿,亲情永远是一种无法替代的真情,它会让我们每个人永葆安详和健康的心态。

2012 年 9 月 30 日